Julia Jenner

My Story – Streng geheim
Zwölf Rosen für ein Herz

Julia Jenner

My Story – Streng geheim

Zwölf Rosen für ein Herz

cbj

cbj ist der Kinder- und Jugendbuchverlag
in der Verlagsgruppe Random House

FSC
Mix
Produktgruppe aus vorbildlich
bewirtschafteten Wäldern und
anderen kontrollierten Herkünften

Zert.-Nr. SGS-COC-1940
www.fsc.org
© 1996 Forest Stewardship Council

Verlagsgruppe Random House FSC-DEU-0100
Das für dieses Buch verwendete
FSC-zertifizierte Papier *München Super Extra* liefert
Arctic Paper Mochenwangen GmbH.

Gesetzt nach den Regeln der Rechtschreibreform

1. Auflage 2010

Umschlaggestaltung: Zeichenpool, München
Umschlagbilder: Shutterstock
Konzeptionelle Beratung: Birgit Arteaga & André Kussmaul
st · Herstellung: WM
Satz: Uhl+Massopust, Aalen
Druck: GGP Media GmbH, Pößneck
ISBN 978-3-570-13584-6
Printed in Germany

www.cbj-verlag.de

1. Kapitel

An einem trüben Februarmorgen lag ich im Bett und wartete darauf, dass mein Wecker klingelte. Bekloppt, ich weiß. Ein normaler Mensch liegt im Bett und schläft, bis der Wecker klingelt. Aber ich werde fast jeden Morgen schon vor dem Weckerklingeln wach und liege dann blöd im Bett rum, zu schlapp zum Aufstehen, aber zu wach zum Weiterschlafen. Und wenn der Wecker dann wirklich klingelt, dann überfällt mich im selben Augenblick eine wahnsinnige Müdigkeit und ich muss unbedingt noch ein bisschen weiterschlummern. Keine effiziente Methode, den Tag zu beginnen, aber so läuft es nun mal.

Uh! Da ging's los: Mein Wecker piepte, brutal und durchdringend. Von wegen klingeln! Moderne Wecker klingeln ja nicht, sondern piepen, dass einem vor Schreck das Trommelfell schrumpft. Schnell gab ich dem Wecker eins über den Latz. Aaahh! Ruhe! Wunderbare Ruhe … Und gleich setzte auch die übliche Schläfrigkeit ein. Noch ein bisschen weiterdösen … Nun genoss ich die schöne Eigenschaft meines Weckers: die Snooze-Funktion, also die automatische Weckwiederholung alle fünf Minuten. Ich kuschelte mich noch mal extra tief in die Kissen. Um den vorhin unterbrochenen Traum zu Ende zu träumen. Worum ging's da noch gerade? Irgendwas mit einem total süßen Hund, einem Golden Retriever …

Aber wie das so ist mit unterbrochenen Träumen, ich kriegte irgendwie keinen Anschluss mehr. Also beschloss ich, stattdessen meinen Lieblings-schönen-Traum zu träumen: »Ich und Dominik kommen zusammen.«

Dazu muss man wissen: Dominik ist der wunderbarste Junge an unserer Schule. Weiche, goldblonde Haare, freundlich, sportlich, süß, kommt mit allen klar, Mittelstufensprecher … Und leider absolut nicht meine Liga. Also wenn einer unerreichbar ist für eine wie mich, dann ist das Dominik. Denn ich bin eine zu kurz geratene, pummelige Achtklässlerin, meine Haare sind nicht gold-, sondern haferbreiblond und dazu störrisch, ich bin weder freundlich noch sportlich noch süß, dafür aber dick bebrillt, ich komme nicht mit allen klar und ich bin auch nicht cool, schick oder witzig, dazu eine halbe Streberin mit peinlich guten Noten. Im Hinblick auf Dominik also ein klarer Fall von *Game over.*

Wirklich, Dominik und Annette, das passt zusammen wie weißer Tiger und nasse Katze. Wie stolzer Schwan und Donald Duck. Wie prächtiger Adler und pappiges Grillhähnchen. Aber darf ein Mädchen träumen? Es darf! Solange es niemand weiß, und zum Glück weiß ja niemand von meiner geheimen Obsession. Niemand außer meiner besten Freundin Pia. Und selbst die würde umfallen und »Kitschalarm!« brüllen, wenn sie wüsste, was ich mir da im Halbschlaf ausmale …

Also … Dominik und ich stehen in der Schlange vor dem Kiosk neben unserer Schule. Wenn viel los ist, arbeiten dort zwei Verkäufer, sodass sich zwei Schlangen bilden und wir nebeneinander stehen. Allein das ist schon soo schön! Dominik greift nach einem Schokoriegel. Und wie von einer höheren Macht gelenkt, greife ich nach demselben Riegel. Unsere Hände berühren sich und ich kriege fast einen Blitzschlag davon. Im Ernst, das ging mir durch bis in die Füße und ich dachte, mir schmelzen die Schuhsohlen! Bis hierher ist mein Lieblings-schöner-Traum sogar wahr. Genauso war es passiert, vor anderthalb Jahren am Kiosk.

Die Wirklichkeit ging dann leider extrem dämlich weiter: Dominik zog seine Hand zurück und sagte ganz locker und freundlich: »Oh sorry, wolltest *du* den Schokoriegel?« Dann nahm er sich genauso locker einen anderen, bezahlte und ging. Und ich stand da wie Olga Oberdoof, völlig reglos, als wären meine Schuhsohlen wirklich mit dem Asphalt verschmolzen. Und klar, in so einem Moment kommt natürlich unsere Klassentusse Nina vorbei und meinte in ihrer typisch verzickten Art: »Na Annette, biste angewachsen?« Wenn die gewusst hätte, wie nah sie an der Realität dran war!

Klarer Fall, dass das Ende dieser Geschichte dringend umgeschrieben werden musste. Und so schuf ich an diesem Morgen folgende Version:

Auch Dominik trifft es wie der Blitz, als unsere Hände sich berühren. Er wendet sich mir zu, sieht mich an, nimmt meine Hand – neuer Blitz! – und sagt ganz leise: »Annette …« Dann zieht er mich vom Kiosk weg, hin zu der Rosenhecke des kleinen Parks ganz in der Nähe. Dort steht eine Bank, wir setzen uns. Dominik rückt noch ein bisschen näher, legt seinen Arm ganz sanft um meine Schulter, wir sehen uns ganz tief in die Au…

»Aufstehen, Nettchen!« Reflexartig haute ich wieder auf den Wecker. Aber der war's gar nicht. Diesmal war es meine Mutter. So früh am Morgen ließ auch ihre Stimme mein Trommelfell schrumpfen. Nur haben Mütter leider keine Snooze-Funktion.

Statt einer Antwort brachte ich nur ein Grunzen zustande. Das ist manchmal eh die beste Art, mit meiner Mutter zu kommunizieren, vor allem wenn sie gar keine Antwort erwartet, sondern lieber selber reden will. Heute Morgen hörte sich das so an: »Aufstehen, Kind! Los! Du hast 39 Minuten und du musst duschen, dich anziehen und dich zurechtmachen!«

Ich mache mich nie *zurecht*, und das weiß sie auch genau, aber meine Mutter ist eine von der hartnäckigen Sorte. Sie gibt nicht so leicht auf und hofft seit 13 Jahren, dass ich irgendwann doch noch ein »richtiges« Mädchen werde. Eins, das sich zurechtmacht.

Falls jetzt jemandem aufgefallen ist, dass meine Mutter gerade »duschen, anziehen, zurechtmachen«, aber nicht »und frühstücken« gesagt hat, der hat einen Kernpunkt unserer Mutter-Tochter-Konfliktsammlung getroffen. Meine Mutter findet mich nämlich zu dick. Das würde sie mir natürlich nie so direkt ins Gesicht sagen, sie will mich ja nicht fertigmachen, aber ich bekomme doch regelmäßig Dinge zu hören wie: »Fruchtsorbet ist doch viel leckerer als Vanilleeis!« – Ja, Mama, und die Erde ist eine Scheibe. – »Wenn man die Butter vom Brot weglässt, dann merkt man das gar nicht!« – Nö, die Stulle schmeckt dann nur nicht. – »Soll ich dich mal beim Wasserball anmelden?« – Sie hat in einem Zeitungsartikel gelesen, dass Wasserball besonders viele Kalorien verbrennt.

Das Schlimmste an der Dick-Debatte ist: Sie hat recht. Ich bin nicht dünn. Ich bin stämmig. Schon als kleines Mädchen war ich eher der stabile Typ. Und dabei hatte meine schönheitsbewusste Mutter sich so sehr eine zarte, niedliche Tochter gewünscht, eine, die sie in rüschig-plüschige rosa Klamotten stecken kann und die ins Kinderballett geht. Aber ich habe Rosa immer gehasst und im Kinderballett habe ich mich als Vierjährige so energisch am Türbalken festgekrallt, dass mich niemand in den Saal gekriegt hat. Die Lehrerin war beeindruckt von meiner Kraft und schlug vor, mich beim asiatischen Kampfsport anzumelden. Meine Mutter dagegen war fertig. So sehr, dass sie sich eine Träne wegwischen musste, als sie den rosa Ballettanzug ins Geschäft zurückbrachte. Dabei hat sie netterweise versucht, sich nichts anmerken zu lassen, aber ich habe die Träne trotzdem bemerkt. Mann, hatte ich da ein schlechtes Gewissen!

Dasselbe schlechte Gewissen hatte ich auch an diesem Morgen, als ich in meinem schlabbrig-gemütlichen Schlaf-T-Shirt, mit meinen störrischen, haferbreiblonden Haaren und eben gar nicht wie ein Ballettmädchen an ihr vorbei Richtung Bad tappte. Sie wusste, dass ich mich auch diesmal nicht »zurechtmache«. Und dass ich erst mal gemütlich frühstücken würde. Sie ging stattdessen eine Runde Joggen, das ist ihre neueste Maßnahme zum Ewig-jung-und-schön-Bleiben. Man merkt es schon: Meine Mutter hat einen Schönheitsfimmel.

Nicht mal acht Minuten später saß ich gewaschen und angezogen, aber kein bisschen zurechtgemacht am Frühstückstisch. Ich kaute ein leckeres Käsebrot und dachte über den Schönheitsfimmel meiner Mutter nach. Ihr ganzes Leben dreht sich um Schönheit. Kein Wunder, denn ihr gutes Aussehen hat meine Mutter aus einem extrem schnarchigen Kaff in die Großstadt katapultiert. Erst wurde sie Schönheitskönigin in ebendiesem Kaff, dann im Landkreis und zum Schluss war sie sogar Miss Nordrhein-Westfalen. Das ist natürlich alles lange her, war vor meiner Geburt, aber es gab den Startschuss für ihre Karriere. Jetzt betreibt sie einen Schönheitssalon und dank der vielen guten Kontakte aus ihrer Zeit als Miss Nordrhein-Westfalen läuft der Laden wie eine Fahnenfabrik zur Fußball-WM. Von dem, was meine Mutter dort verdient, leben wir beide, und das sogar ganz gut. Mein Vater, der schon lange woanders wohnt, trägt nicht wirklich zu meinem Lebensunterhalt bei und zu dem meiner Mutter schon mal gar nicht. Eher umgekehrt. Mein Vater ist einer, den blöde Leute einen *Loser* nennen und nette Leute einen Lebenskünstler. Auf jeden Fall ist er sehr locker und witzig und erwartet nie, dass ich mich »zurechtmache«. Oder dass ich Brot ohne Butter esse.

»Vergiss ... bitte ... nicht ... wieder ... deinen ... Hausschlüssel!«, keuchte es stoßweise von der Küchentür her. Meine Mutter, zurück vom Joggen, wobei sie sich wie immer völlig verausgabt hatte. Sie japste noch ein paarmal nach Luft und schaffte dann sogar zwei Wörter pro Atemzug: »Ich hab ... heute drei ... Ganzkörperpeelings und ... die Stadträtin ... zur Maniküre ..., da kann ... ich nicht ... wieder nach ... Hause rennen ..., um dir ... die Tür ... aufzumachen!«

Oh bitte nicht! Nicht *das* Thema wieder! Nur weil ich *einmal* meinen Schlüssel vergessen habe, und das vor *Wochen*, kriege ich jetzt jeden Tag diese Predigt! Meine Laune sauste im freien Fall Richtung Heizungskeller und ich wollte schon einen entsprechenden Antwort-Grunzer loslassen, als meine beste Freundin mich auf dem Handy anrief.

Pia scheint echt einen sechsten Sinn dafür zu haben, wann ich sie brauche. »Hey Nette!« So nennt sie mich, ist das nicht süß? »Ich hab was Unglaubliches gefunden! Das Poesiealbum meiner Oma, original aus den 50er-Jahren! Da stehen Sachen drin, die hauen dir die Gläser aus der Brille!«

»Und das bei meinen dicken Gläsern!«, kicherte ich. »Lass hören!«

»Gleich, in der Schule, bin grad super im Stress, ich muss mich noch schick machen, ist doch heute Valentinstag! Tschüss!« Und schon hatte sie aufgelegt. Und meine Stimmung, kurzfristig auf dem Wege der Besserung, sauste wieder steil nach unten. Valentinstag! Auweia!

Den Valentinstag hatte ich völlig vergessen. Dabei wurde man schon seit Wochen von allen Seiten damit zugedröhnt: überall Rosen, in Geschäften, in Schaufenstern, im Fernsehen, dazu Herzen aus Schokolade, Kitschpostkarten bis zum Geht-nicht-mehr, Super-Sonder-Pärchenangebote von Mobilfunkanbietern, Turteltäubchen tralala, einfach alles, was den chronischen Single fertigmacht. Also mich. Denn ich habe ja keinen Freund. Ehrlich gesagt, hatte ich noch nie einen. Nicht mal einen zum Knutschen auf der Schulparty, einen lausigen Abend lang. Oder zum Händchenhalten am Lagerfeuer im Sommercamp …

Ach, kein Wunder – für eine wie mich. Denn ich bin ja weder schön wie Nina, unsere Klassentusse, noch frech und lustig wie Pia noch sonst was, sondern einfach nur stämmig. »Jetzt reduzier deine Persönlichkeit mal nicht wieder nur aufs Äußere!«, würde mein Vater jetzt sagen. »Wenn du ein bisschen was aus dir machen würdest, wärst auch du hübsch!«, würde meine Mutter jetzt sagen. Und fortfahren mit: »Gerade zum Valentinstag wäre das doch mal ein schöner Anlass!« Ich sage nur: Valentinstag. Auweia! Au-doppelt-weia!

2. Kapitel

Bevor ich mich jedoch dem Auweiaweia-Valentinstag stellen musste, hatte ich noch eine kleine Schonfrist: meinen Schulweg. Für viele ist der Schulweg ja nur ein notwendiges Übel, aber ich liebe ihn. Ich radele jeden Morgen mit meinem Fahrrad eine gute Viertelstunde zur Schule, eine echt nette Strecke durch den Grüngürtel und den Beethovenpark. Das ist genau die richtige Mischung aus interessant – verschiedene Jahreszeiten, wechselnde Lichtverhältnisse, unterschiedliches Wetter –, um nicht langweilig zu sein, aber doch wieder so gleichförmig, dass ich dabei immer wunderbar entspannen und nachdenken kann. Heute war es zwar kalt, aber klar und wolkenlos. Die Sonne ging gerade auf, gefrorene Tautropfen glitzerten in den Büschen und überall waren Hunde unterwegs mit ihren Herrchen und Frauchen. Ach ja, seufzte ich, so ein Hund hat es gut … Der braucht sich nicht zurechtmachen, der kann nicht seinen Hausschlüssel vergessen, der wird nicht von seiner Mutter zugeschwallt und den zicken auch keine Klassentussen an … Obwohl, am Ententeich wurde gerade ein Pudel von einem Schäferhund sehr ruppig verbellt. Wer weiß, was bei Hunden so alles abgeht in Sachen Mobbing. Ist sicher auch nicht immer leicht … Ich radelte weiter. Da sah ich meinen Lieblingshund, einen wunderschönen Golden Retriever. Ich fuhr langsamer und sah lächelnd zu, wie der Hund übermütig herumsprang und die Stöckchen holte, die sein Frauchen für ihn warf. So ein süßer Hund! So freundlich, so hübsch, so weiches, goldblondes Fell …

In dem Moment hätte es mich fast hingelegt vor Schreck. Der Golden Retriever! Von dem ich heute Morgen geträumt hatte! Der ist ein Symbol! Ein Traumsymbol für meinen Traumjungen! Denn Dominik ist genau wie ein Golden Retriever, das wurde mir mit einem Schlag klar. Er ist genau wie diese wunderbaren Familienhunde: goldblond, freundlich, sportlich, süß, kommt mit allen klar … Und wenn es in der Hundeschule einen Mittelstufensprecher gäbe, dann wäre das auch ein Golden Retriever. Jetzt musste ich ganz tief seufzen. Denn auch in der Hundeschule wäre ich höchstens ein Rauhaardackel. Oder ein Basset mit kurzen Beinen. Oder ein Mischling mit haferbreifarbenem Fell und schiefen Ohren, den jemand nur aus Mitleid aus dem Tierheim geholt hat. Ein Golden Retriever würde den niemals auch nur angucken, geschweige denn beschnüffeln … Ich musste mir beim Weiterradeln eine Träne abwischen. Es klingt vielleicht abgedroschen, aber unglückliche Liebe tut nun mal verdammt weh …

Obwohl ich dann noch mindestens 100 Meter von unserer Schule entfernt war, konnte ich den Valentinswahn schon deutlich spüren. Um mich herum wurde nämlich noch mehr gekichert und gekreischt als an einem normalen Tag. Rotohrige Sechstklässler hielten in Papier gewickelte Rosen in ihren kleinen, schwitzigen Pfoten, um sie unauffällig ihrer Angebeteten auf den Tisch zu legen. Bis an die Zähne aufgedonnerte Mädchen schielten nach den großen Jungs aus der Oberstufe, auch wenn diesen Zielpersonen das am unteren Rückenfortsatz vorbeiging. Einige unserer Schulschönheiten hatten sogar Extrataschen dabei, um die zu erwartende Flut an Rosen, Karten und Schokoladenherzen überhaupt nach Hause zu bekommen. Oh

Mann, deren Optimismus möchte ich haben! Ich habe es in den letzten Jahren immer nur auf eine Rose gebracht. Eine einzige pro Valentinstag, und die war auch noch anonym. Ich habe nie rausgefunden, von wem sie stammt, und fragte mich gerade, ob sie wohl von dem kleinen Sechstklässler sein mochte, der eben rotohrig und schwitzpfotig an mir vorbeigestürmt war … Und wie ich das wohl finden würde, wenn er sich nun dieses Jahr outete. – Dann müsste ich mich am Ende wohl freuen … Und dankbar sein. Ich musste schlucken.

Ich stellte mein Fahrrad in den total überfüllten Fahrradschuppen auf unserem Schulhof. Der Fahrradschuppen – ein weiteres finsteres Thema in meinem Leben. Ich hole mir nämlich jeden Morgen blaue Flecken, wenn ich mein Fahrrad in den vollgestopften Schuppen bringe. Irgendwann vor ein paar Monaten hatte ich so die Schnauze voll davon, dass ich ganz offiziell einen Antrag eingereicht habe bei der Schülervertretung, damit die mal Druck macht für mehr überdachte Fahrradstellplätze. Aber da war rein gar nichts passiert. Außer dass Nina, die Klassentusse, von der Sache Wind gekriegt hatte und laut rumtönen musste: »Oh, Annette geht in die Politik! Na ja, seit Angela Merkel ist das ja *das* Betätigungsfeld für aussehensmäßig benachteiligte Frauen!«

So ein Spruch tut doch echt weh im Kopf, oder? Und leider auch in der Seele.

Ich rückte meine dicke Brille zurecht – nein, die trage ich *nicht* aus Protest gegen alle Äußerlichkeiten, wie meine Mutter immer behauptet, sondern weil ich verdammt noch mal keine Kontaktlinsen vertrage – und marschierte tapfer los. Weil aber der Tag schon blöd angefangen hatte, ging er auch gleich genauso blöd weiter, das kennt man ja. Nina, die eben erwähnte Klassentusse, lungerte wie so oft am Eingang rum. Ausweichen unmöglich. Sie musterte mein Outfit von oben bis unten, bestehend aus meiner Lieblingsjeans, einem kuscheligen Holzfällerhemd und meiner Winterjacke, und grinste breit.

»Hauptsache, es umspielt, was Annette?«

Ninas ergebene Sklavinnen, die Hilfstussen Michelle und Svea, kicherten hysterisch. Ich reagierte nicht, denn was soll man dazu schon sagen? Als ich vorbei war, sangen sie auch noch ihren typischen, halblauten Mobbingsong »Annette, die Fette, Annette, die Fette!«. Nee, was waren die wieder originell …

Als ich mich in der Eingangshalle nach Pia umsah, dachte ich, dass ich das ruhig laut zu ihnen hätte sagen können: »Nee, was seid ihr wieder originell.« Aber ich bin leider immer erst mit Verspätung schlagfertig. Und das heißt unterm Strich: Ich bin gar nicht schlagfertig. Und in diesem Fall hätte ich erst recht nichts erwidern können. Denn ich hatte mal wieder dieses fiese Prickeln in der Nase und in der Oberlippe. Das kriege ich immer, wenn ich gleich anfange zu heulen. Ich musste meine ganze Willenskraft aufbieten, damit das blöde Prickeln wieder aufhörte … Doch es ließ nach, so ein Glück.

Und da sah ich ihn. Dominik. Den wunderbarsten Jungen der Welt. Nur ganz von Weitem, denn er ging am Ende des langen Flures vom Tor zum Pausenhof, nach links, zum Chemiesaal, wo die 9a jetzt gleich eine Doppelstunde Chemie hatte. Mein Herz blieb stehen bei seinem Anblick … Und ja, ich gebe es zu: Ich kann seinen Stundenplan auswendig. So schlimm steht es um mich. Nicht mal Pia weiß das mit dem Stundenplan …

Meine Nase prickelte wieder, denn was hab ich schon für Chancen bei Dominik … Absolut total überhaupt gar keine. Weniger als null. Und jetzt hätte ich garantiert angefangen zu heulen, wenn nicht im nächsten Augenblick Pia auf mich zugestürmt gekommen wäre. Sie umarmte mich heftig – Pia ist immer so impulsiv – und alle Nasenprickelei verschwand auf der Stelle.

»Nette, Nette, Nette, das *musst* du dir reinziehen!« Sie zerrte mich in unsere geheime Ecke unter der Treppe, wobei sie mit einem quadratischen, rosa Büchlein wedelte, dem Poesiealbum ihrer Oma. »Wenn du *die* Sprüche liest, da wunderst du dich, dass es uns überhaupt gibt! Dass unsere Großmütter sich nicht alle erschossen haben, bevor sie unsere Mütter und Väter kriegen konnten! Hier, hör mal den hier:

Eiche, Buche, Birke, ist ein hartes Holz.
Eine brave Tochter ist der Eltern Stolz.

Hammer. Ich riss Pia das Poesiealbum aus der Hand und blätterte. Echt der Hammer!

Beklage nie den Morgen, der Müh' und Arbeit bringt.
Es ist so schön zu sorgen für Menschen, die man liebt.

»Und das reimt sich ja nicht mal!«, stellte ich fest.
»Oder hier«, rief Pia:

Sei immer bescheiden, verlang niemals zu viel,
dann kommst du zwar langsam, aber sicher ans Ziel.

Inzwischen hatten wir vor lauter Geiern schon Sauerstoffmangel im Kopf, und so kostete mich das Vorlesen des nächsten Gedichts eine Menge Kraft:

Sei wie das Veilchen im Moose,
bescheiden, sittsam und rein.
Und nicht wie die stolze Rose,
die immer bewundert will sein!

Wir waren für einen Moment stumm. So viel Beknacktheit in so wenigen Worten! Wir sahen uns an und mussten brüllen vor Lachen. Zum Glück schellte es in diesem Augenblick zur ersten Stunde, sonst hätten wir uns totgelacht.

Kurz darauf saßen wir bei unserem wie immer sehr engagierten Physik- und Klassenlehrer, Herrn Bommel, im Physiksaal. Doch statt Physik, wie offiziell auf dem Stundenplan stand, hielt er mal wieder eine Stunde seines Lieblingsfachs ab: Berufskunde. Wie gesagt, Herr Bommel, genannt Bömmelchen, ist sehr engagiert und will uns ernsthaft fit machen fürs Leben. Die meisten finden sowohl Bömmelchen als auch seinen Unterricht ätzend, aber ich mag seine Berufskundestunden. Außerdem haben wir im Physiksaal keine feste Sitzordnung, und so konnten die Klassenbeautys nicht schon jetzt hämisch ihre Tonnen von Valentinsbeute einsacken, die sich auf ihren Tischen im Klassenzimmer bestimmt schon angesammelt hatten. All die Rosen, Schokoladenherzen und Postkarten. Dicke Dackel, mopsige Mischlinge und alle sonstigen Singles – also auch ich – hatten demnach eine weitere kleine Schonfrist.

Heute ging es um akademische Berufe. Bömmelchen erzählte uns, dass ein Hochschulstudium heutzutage leider keine Garantie mehr sei für einen sicheren Arbeitsplatz.

»Was ist schon sicher? Nichts auf dieser Welt ist sicher außer dem Tod und den Steuern«, meinte da Malte. Als Sitzenbleiber ist er einer der ältesten unter uns und allseits anerkannter Sprücheklopfer. Bömmelchen sah ihn überrascht an.

»Zitat von Benjamin Franklin«, fügte Malte hinzu. Das stimmte am Ende sogar, denn obwohl Malte eher schlecht in der Schule ist, liest er unheimlich viel und hat von den abstrusesten Sachen eine Ahnung. Besonders von den abstrusen Sachen. Oder nur von den abstrusen Sachen?

Jedenfalls hinterfragte Bömmelchen den Einwurf nicht, sondern wollte wissen, ob einer von uns schon mal an ein Jurastudium gedacht habe. Klar hatte ich das, ich hab schon an alles Mögliche gedacht. Hauptsache es hat nichts mit Kosmetik zu tun. Also hob ich die Hand.

Ein Fehler. Totenstille. Und nur meine Hand war oben. Ups. Offenbar ist Jura uncool. Bömmelchen holte schon Luft, um wie immer einige wohlwollende, ermutigende und auch warnende Worte zu unseren Berufswünschen zu sagen, da quäkte schon Ninas Tussenstimme durch den Physiksaal: »Höhö, du willst doch nur Jura studieren, damit du dann später immer so 'ne alles kaschierende schwarze Anwaltsrobe tragen kannst!«

Bömmelchen hatte einige Mühe, die tosenden Wogen der Heiterkeit zu glätten, die Ninas Kommentar ausgelöst hatte. Ich starrte auf die zerkratzte Tischplatte vor mir, las ein dort vor langer Zeit eingraviertes, unanständiges Wort mit »F« am Anfang und »k« am Schluss und dachte, dass ich in diesem Moment gern von Außerirdischen entführt werden würde. Aber die kommen ja nie, wenn man sie braucht. Pia, die neben mir saß, knuffte mich freundlich und raunte mir zu: »Was die immer für einen Scheiß redet!«

Aber das Schlimme daran ist: Diesmal hatte Nina sogar recht! Zu meinem äußersten Entsetzen hatte sie recht! Genau das hatte ich nämlich wirklich mal gedacht. Ärztin? Sicher ein toller Beruf, aber immer diese engen, weißen Kittel? Nein danke. Weiß verbreitert. Trägt auf. Schwarz dagegen macht schlank.

Was war das für ein Tag, an dem die Klassentusse meine geheimsten Gedanken laut in den Physiksaal brüllte? Ach ja, Valentinstag.

3. Kapitel

Auf dem Weg in unser Klassenzimmer versuchte Pia mich aufzumuntern. »Jetzt vergiss den Quatsch mal und freu dich, dass Valentinstag ist. Guck mal, ich hab dir auch eine Karte geschrieben! Valentinstag ist ja nicht nur für Lover, sondern auch für Freunde.« Sie drückte mir eine selbst gemachte Karte in die Hand. Das war es also, was sie eben im Physiksaal die ganze Zeit gemalt und gekritzelt hatte! Es war ein Spruch aus dem Poesiealbum ihrer Großmutter, allerdings interessant abgewandelt:

Sei nie *wie das Veilchen im Moose,*
bescheiden, sittsam und rein.
Sondern stets *wie die stolze Rose,*
die immer bewundert will sein!

Dazu das Bild eines energisch durchgestrichenen Veilchens und einer wirklich stolzen Rose, unter der »Annette« stand. Pia drückte mich herzlich und zog mich lachend die Treppe runter. Echt, sie ist einfach die beste aller besten Freundinnen!

»Und jetzt bin ich mal gespannt, ob dein anonymer Rosenkavalier auch dieses Jahr wieder zugeschlagen hat«, rief sie und stürmte der Tür unseres Klassenzimmers entgegen. Ich musste seufzen. Pia ist auch eine unheilbare Optimistin.

Als wir die Klasse betraten, herrschte dort das fünfminutenpausige Gebrumm und Gesumm, nur viel lauter als sonst. Klar, Valentinstag. Nina und die anderen Schönheitsschicksen stopften, genau wie ich vorhergesehen hatte, bereits Massen an Blumen, Karten, Süßigkeiten und anderen Geschenken in ihre Extrataschen, begleitet vom üblichen tussigen Gekreisch. Malte, unser Sprücheklopfer, musste natürlich seinen Senf dazugeben: »Valentinstag! Das ist doch reiner amerikanischer Kulturimperialismus! Ausgeheckt von der Blumen-, Schokoladen- und Postkartenindustrie! Und ihr Deppen fallt alle drauf rein!«

»Oh, hört, unser Politik-Peter hat uns wieder alle durchschaut!«, rief Pia. Die beiden lieferten sich gern mal kleine Wortgefechte, aber ohne wirklich bösen Ton. Auch jetzt knuffte Pia Malte freundlich in die Seite. »Jetzt verdirb uns armen Konsumopfern mal nicht den Spaß.«

Spaß. Ja, so könnte man den Valentinstag auch sehen, wenn man nicht so eine gestresste Problem-Suse wäre wie ich ... Pia jedenfalls hatte Spaß: Sie bekam eine Nelke von Jonas, ihrem Exfreund, der sie insgeheim immer noch liebt, dann eine Rose von Paul aus der Parallelklasse, an dem sie mal interessiert war, aber nicht mehr ist, und dann von Ole aus der 9b eine Schachtel sehr lecker aussehender Pralinen und ein etwas doofes Gedicht, das er aber in seiner schönsten Schönschrift auf eine Karte gemalt hatte. Ich seufzte insgeheim. Wenn da nicht bald was im Busch ist ... Meiner Meinung nach würden Ole und Pia super zusammenpassen. Ich wette mal, dass sich da spätestens auf der stadtbekannten Karnevalsfete was tut, die in zwei Wochen an unserer Schule stattfindet ... Äh, neidisch? Ich? Nö! Ich gönn' doch meiner besten Freundin den Erfolg und das Glück und den Spaß!

O. k., ich war ein bisschen neidisch.

Bis zu diesem Zeitpunkt hatte ich es konsequent vermieden, zu meinem Platz zu gucken. Man soll ja versuchen, die Menge an Frust zu dosieren, die das Universum für einen bereithält, und ich erholte mich zurzeit noch von der Anwaltsroben-Blamage. Dazu kamen dann die anderen blöden Erlebnisse und Erinnerungen dieses immer noch frühen Morgens: der nicht geglückte Fahrradschuppen-Antrag, die blöden Sprüche von Nina und ihren Kumpaninnen, der ständige Zoff mit meiner Mutter zum Thema Hausschlüssel, zum Thema Dicksein, zum Thema Zurechtmachen. Und am meisten nagte natürlich die Tatsache an mir, dass der Mann meiner Träume für mich unerreichbar ist…

Technisch war es kein Problem, nicht zu meinem Platz zu gucken, denn die Lehrer setzen mich und Pia in unserem Klassenzimmer immer konsequent und weit auseinander. Wegen Totquatschgefahr, wie sie sagen. Es schellte zum Ende der Fünfminutenpause und unsere Englischlehrerin Frau Satzke betrat den Raum. Aufgrund ihres seltsamen Gangs, der langen Nase, ihrer unfreundlichen Art und ihres Fachs wurde sie von uns immer »the Schnepfe« genannt. The Schnepfe schnepfte also aufs Lehrerpult zu und sah mich dabei streng an, weil ich noch nicht saß. Also musste ich mich gezwungenermaßen meinem Platz zuwenden.

Und da lagen sie. Mitten auf meinem Stuhl. Die schönsten Rosen, die ich je gesehen hatte, im dicksten Strauß, den ich je gesehen hatte. Ohne ernüchterndes Einwickelpapier, ganz nackt und bloß, in ihrer ganzen fetten Schönheit. Aber auch ohne jeden Hinweis auf den Spender. Keine Karte. Nichts. In meinem Unterbewusstsein wurde ein Bild angeknipst, völlig automatisch, ganz ohne mein Zutun. Das Bild eines Golden Retrievers. Doch bevor sich das Bild des hübschen Hundes in das noch hübschere Bild von Dominik morphen konnte, schritt mein Verstand ein und zensierte die Vorstellung. Zapp, aus! Im Ernst, ich, der Klassenmoppel, krieg doch keinen Strauß Rosen von Dominik! Oder … doch?? Mir wurde flau.

Ich muss bei alldem wohl so kariert aus der Wäsche geguckt haben, dass Frau Satzke mehr besorgt als schnepfig fragte: »Annette, aren't you feeling well?«

Ich hab dann so was Halbintelligentes geantwortet wie »Öhh«, kann mich aber nicht genau erinnern. Ich kann mich an nichts aus dieser Stunde erinnern, obwohl ich Englisch sonst ganz gern mag, trotz der schnepfigen Lehrerin. Ich weiß nur noch, dass ich die Rosen in die Hand genommen und sie vorsichtig in meinen Schulrucksack gesteckt habe. Der Strauß war richtig schwer! Danach habe ich nur noch ins Leere gestarrt. *Wer* schenkt ausgerechnet *mir* einen solchen Strauß zum Valentinstag???

Später dann zu Hause hockte ich an meinem Schreibtisch, starrte die Blumen an und war in dieser Frage keinen Schritt weiter. Die Rosen waren der Wahnsinn. Samtig dunkelrot, groß und halb geöffnet. Zwölf an der Zahl. Freilandrosen, wie meine im Blumenkriegen natürlich sehr erfahrene Mutter ganz aufgeregt bemerkte. Das erkennt man offenbar an den kräftigen Stängeln, den vielen Dornen und am intensiven Duft, und es ist wohl ein Qualitätsmerkmal. Freilandrosen … Wieder seufz … Irgendwie gefiel mir der Gedanke. Keine Treibhauspflänzchen, sondern robuste Outdoorgeschöpfe. So wie ich. Oder sollte das etwa ein Hinweis sein auf *meine* kräftigen Stängel und *meine* vielen Dornen?? »Annette, jetzt spinn mal nicht rum«, ermahnte ich mich selbst, »keiner kauft dir so einen Riesenstrauß Rosen, um dich auf die Eigenarten deines Körperbaus oder deines Charakters hinzuweisen! Nicht mal eine Tussenhexe wie Nina würde für so was Geld investieren!« Oder doch? Ich versuchte zum hundertsten Mal, Pia auf dem Handy zu erreichen. Aber das war aus. Warum? Warum nur?? Ich brauchte Pia! Sie sollte jetzt mit mir hier sitzen und das Rätsel der Rosen besprechen! Aber Pia hatte sich seit Beginn der Englischstunde seltsam abwesend benommen. Ich nehme mal an, da ist echt was am Backen mit diesem Ole aus der 9b, denn auch in den Pausen war sie sofort weg, und nun schaltete sich ihr Handy immer gleich auf Mailbox. Mit wem sollte ich denn jetzt über die Rosen spekulieren?

Nein, nicht mit meiner Mutter! Auch wenn die in ihrer Kaffeepause vorhin zu Hause gewesen war und super interessiert in mein Zimmer geguckt hatte. Irgendwie tat sie mir ja fast leid, denn sie platzte fast vor Neugier. Und sie freute sich wirklich für mich. Aber das geht zu weit! Nie würde ich mit meiner Mutter über meine geheimsten Hoffnungen sprechen! Über Golden Retriever oder Mittelstufensprecher… Nur über meine stämmige Leiche! So hatte meine Mutter nach meinem schroffen Grunzen schnell wieder die Tür geschlossen. Manchmal hat es echt Vorteile, wenn man so dornig ist wie ein Strauß Freilandrosen. Aber eine gigantische Frage blieb: Von wem sind sie, diese Rosen??

4. Kapitel

*I*ch dachte noch eine endlose Stunde lang geradezu zwanghaft im Kreis: Wer schenkt *mir* solche Blumen? Ein Blinder? Ein Psychopath? Oder ein ganz normaler Junge? Am Ende sogar … Dominik? Warum sollte er das tun? Er ist doch kein Blinder, kein Psychopath und auch kein normaler Junge, denn dafür ist er viel zu toll. Also sind die Blumen nicht von ihm … Aber von wem dann? Wer schenkt *mir* solche Blumen? Ein Blinder? Ein Psychopath …

Um dieses bekloppte Im-Kreis-Denken endlich zu unterbrechen, nahm ich mir vor, etwas Sinnvolles zu tun, was außerdem verdammt dringend war: Ich musste bei einer Anwaltskanzlei anrufen und fragen, ob ich mich dort für ein Schülerpraktikum bewerben konnte. Die Telefonnummer hatte ich schon vor Wochen – o.k., vor Monaten – von meiner Mutter bekommen. Eine ihrer Schönheitssalonkundinnen arbeitete dort als Rechtsanwältin. Und weil ich ja mal überlegt hatte, später Jura zu studieren, lag es nahe, das Schülerpraktikum nächstes Jahr in einer Anwaltskanzlei zu machen. So weit, so einfach.

Nur hatte ich mich bisher nicht getraut da anzurufen. Ich bin jetzt nicht wirklich schüchtern, hoffe ich jedenfalls, aber solche offiziellen Anrufe hasse ich. Manchmal ist es eben einfach nur zum Kotzen, eine Dreizehnjährige zu sein, die null Erfahrung hat mit so was. Beim Versuch, mir den Anruf vorher genau zurechtzulegen, war ich bisher immer schon nach dem ersten Satz gescheitert: »Guten Tag, hier ist Annette Borgmann.«

Ja, so weit kam ich noch. Aber dann? Sag ich dann: »Ich möchte mich bei Ihnen um ein Schülerpraktikum bewerben«? Oder heißt es »*für* ein Schülerpraktikum«?? Oder frage ich erst: »Kann man bei Ihnen ein Schülerpraktikum machen?« Oder besser: »Ist Frau Gessler zu sprechen?« – Das ist die Kundin meiner Mutter. Und wenn die Person, die da antwortet, dann sagt: »Guten Tag, Anwaltskanzlei Kranz und Gessler, Sie sprechen mit Gundula Empfangstante, was kann ich für Sie tun?«, dann bekomme ich garantiert kein Wort mehr raus. Denn so einen Satz bekam ich mal in der Hotline der Öffentlichen Verkehrsbetriebe zu hören, als ich da eine neue Schülermonatskarte beantragen wollte. Beziehungsweise beantragen *musste*, denn ich hatte meine Busfahrkarte verlegt. Meine Mutter sagte natürlich »verschlampt« und sie hatte mich dann gezwungen, selbst da anzurufen. Aus »erzieherischen Gründen«. Früher hieß so was ehrlicherweise »zur Strafe«, aber heute wird ja aus jedem Mist eine Sternstunde der Pädagogik. Wie auch immer, ich musste da durch.

Ich hatte mir ganz genau zurechtgelegt – und sogar aufgeschrieben –, was ich sagen würde, nämlich: »Guten Tag, hier ist Annette Borgmann, ich habe meine Schülermonatskarte verlegt und möchte eine neue beantragen.« Ich erwartete, dass da jemand zuerst sagen würde: »Öffentliche Verkehrsbetriebe, Guten Tag.« Was kam, war: »Öffentliche Verkehrsbetriebe, Sie sprechen mit Gabriela Kundendiensttante, was kann ich für Sie tun?« Und da war ich so verwirrt, dass ich eben direkt mit dem angefangen hab, was sie für mich tun konnte: »Äh, Sie können mir eine neue Busfahrkarte geben, äh, machen, äh, ausstellen, eine Schülermonatskarte, meine ich …« – »Wer spricht denn da bitte?« – »Äh, ach so, ja klar, Annette hier, Annette Borgmann …« Und dann kam der Satz, den ich *nie* wieder hören will, auch wenn er ganz verständnisvoll und lieb rüberkam: »Vielleicht gibst du mir einfach mal deine Mutti.«

Im Ernst, wer mit dreizehn so was am Telefon hört, der will sich doch einfach nur noch erschießen. Jedenfalls hab ich seitdem so richtig Muffe vor offiziellen Anrufen. Und damals war ich nach diesem Satz so fertig mit den Nerven, dass ich einfach aufgelegt und nie wieder eine Schülermonatskarte beantragt habe. Meiner Mutter hab ich erzählt, ich würde jetzt lieber mit dem Fahrrad zur Schule fahren, weil's gesünder sei und gut für die Umwelt und so weiter, blabla. Im Hinblick auf die Kalorien, die Radfahren verbrennt, fand meine Mutter das sofort gut und hat nie wieder nach der Busfahrkarte gefragt. Nur muss ich seither morgens wirklich immer bei Wind und Wetter aufs Fahrrad. Am Anfang war das verdammt hart. Und alles nur wegen eines schiefgelaufenen Anrufs! Immerhin, jetzt liebe ich ja meine morgendliche Radtour …

Aber damit ist wohl klar, warum ich nicht einfach mal so in der Anwaltskanzlei anrufen kann. *Ich* nicht. Pia dagegen, die könnte das, die ist einfach begnadet in solchen Sachen: nimmt den Hörer, wählt, hört sich an, wie sich da einer meldet und quasselt drauflos. Natürlich hab ich sie schon hundert Mal gefragt, ob *sie* nicht einfach für mich anrufen könnte, aber sie will das nicht: »Das tut dir ganz gut, wenn du das selbst machst.« Manchmal kann die beste Freundin glatt Sprüche loslassen wie die eigene Mutter.

Lustlos kritzelte ich weiter ein paar Eingangsformulierungen auf ein Blatt, von denen eine so blöd wie die andere war. Dazwischen versuchte ich immer wieder, Pia auf dem Handy zu erreichen, aber der von mir sehr gewünschte Teilnehmer war weiterhin »vorübergehend nicht erreichbar«. Grrrrrrrrrr! Ich warf Stift, Papier und Telefon hin und nahm das Poesiealbum von Pias Großmutter, das ich mir von Pia ausgeliehen hatte. Vielleicht inspirierten mich die Weisheiten da drin zu irgendwelchen Lösungen, ob in der Frage der Rosen oder des Anwaltanrufs…

Ich spielte also Poesiealbum-Roulette: Mit geschlossenen Augen klappte ich das Buch auf, blätterte und hielt meinen Finger auf irgendeine Seite. Dann öffnete ich die Augen – ziemlich gespannt, wie ich zugeben muss – und las:

Ernst bei der Arbeit, heiter beim Spiel,
immer frisch vorwärts, so kommt man ans Ziel.

Na danke. Genau das, was man braucht, wenn man so fertig und ausgebremst war wie ich in diesem Moment: beste Freundin nicht erreichbar, Rosenstrauß unbekannter Herkunft auf dem Tisch und selbst zu schisserig, um am Telefon nach einem Schülerpraktikumsplatz zu fragen. Blödes Buch! Ich feuerte das Poesiealbum in die Ecke und kritzelte wütend einen Gegenspruch aufs Papier:

Keinen Mut bei der Arbeit, keine Freundin zum Spiel,
von wem sind die Rosen, ich krieg noch zu viel!

Ich sah auf die Uhr. Bald würde meine Mutter von der Arbeit kommen und die böse Frage stellen: »Naaa, hast du bei Frau Gessler in der Anwaltskanzlei angerufen?« Oder gleich die noch bösere Frage: »Naaaaa, weißt du schon, von wem die Rosen sind?« Da half nur eins: rechtzeitig abhauen.

5. Kapitel

Ich zerrte also mein Fahrrad aus dem wie immer hoffnungslos vollgestopften Fahrradschuppen bei uns im Hof. Wieso sind Fahrradschuppen immer so vollgestopft? Weil die Leute aus Faulheit ihre alten Räder nicht ordentlich wegschmeißen, sondern einfach im Schuppen vergammeln lassen. Echt, da sind Fahrräder drin, die sind so alt wie das Poesiealbum von Pias Großmutter. Und auch genauso lange nicht in Gebrauch. Das gleiche Problem besteht auch an unserer Schule. Mindestens ein Drittel der Räder wurde von ihren Besitzern dort einfach »vergessen« und jetzt warten die Dinger darauf, dass sie verrotten. Laut unserem Chemielehrer kann das allerdings leicht 1000 Jahre dauern, allein für die Kunststoffteile, vom Metall ganz zu schweigen. Kurz: Die Dinger verstopfen den Platz und ich haue mir jeden Morgen und jeden Nachmittag die Waden grün und blau, wenn ich mein Fahrrad da vorbeizwänge.

Diese Gedanken machten mich so wütend, dass ich mein Rad noch etwas heftiger als sonst aus dem Metallgewirr der anderen Räder zerrte und, klar, dabei haute ich mir die Pedale gegen das Schienbein. Au verdammt! Der nächste blaue Fleck! Was für ein Glück, dass ich nie Röcke trage!

Dann strampelte ich, immer noch wütend, am Flussufer entlang in das Stadtviertel, in dem mein Vater wohnt. Das ist ziemlich weit weg und immer ist Gegenwind, aber ich muss radeln, denn ich habe ja keine Schülermonatskarte. Immerhin tat mir das kräftige Radeln gut und ließ meine Wut so weit verrauchen, dass ich mir eingestehen konnte, weswegen ich wirklich wütend war. Nicht wegen des blauen Flecks am Bein oder wegen des vollen Fahrradschuppens oder weil ich nicht wusste, von wem die Rosen sind. Wegen Letzterem war ich vor allem aufgeregt! Ich war wütend, weil Pia mich in meiner Rosenkrise so hängen ließ. Ich war wütend, weil sie ihr Handy ausgemacht hatte, um in Ruhe mit irgendeinem Ole zu säuseln, Händchen zu halten oder was auch immer sie gerade machte, wobei ihre beste Freundin sie nicht stören durfte. Ich war eifersüchtig. So, jetzt ist es raus. Eifersüchtig, weil Ole für Pia wichtiger war als ich. Und weil Pia überhaupt einen Ole hatte und ich nicht. Aber was sollte ich machen? Ihr eine pampige SMS schicken? Etwa: »Lass sofort ole stehn und hilf mir rausfinden, wer mir die rosen geschenkt hat, du blöde kuh!« Irgendwie uncool.

Mit total bescheuerter Frisur vom Gegenwind, Nieselregen auf der Brille, schmerzendem Schienbein und dem grünen Eifersuchtsmonster im Herzen schloss ich mein Fahrrad vor dem Laden meines Vaters an eine Laterne. Dann ging ich zur Ladentür, drückte sie auf und mit einem melodischen Ding-Dang-Dong ertönte eine alte Türglocke. Alt fing's an und alt ging's weiter, denn mein Vater hat einen Second-Hand-Laden. Er selbst nennt es »Antiquitätengeschäft«, aber ehrlich gesagt, »Liebevoll zum Verkauf aufgebauter Schrott« wäre passender. Denn genau das ist es. Wobei ich noch nie erlebt habe, dass tatsächlich jemand etwas kauft von dem Plunder, aber das scheint meinem Vater sogar ganz recht zu sein, weil er die Sachen so gern mag und wahrscheinlich gar nicht loswerden will. So pusselt er also den ganzen Tag und die halbe

Nacht in seinem Laden rum und entstaubt alte Teddybären, repariert kaputte Nähkästchen, poliert schrammlige Küchenstühle und sortiert vergilbte Bücher. Wie er davon leben kann, ist allen ein Rätsel, vor allem meiner Mutter. Aber wenn einer wie mein Vater über zehn Jahre mit ein und derselben Strickjacke auskommt, weil er sie gut pflegt und regelmäßig restauriert, dann kommt er schon irgendwie über die Runden.

»Annette, gut siehst du aus!«, rief mein Vater, als er mich sah. Das ist ein weiterer Beweis für die rosa Brille, durch die mein Vater alles betrachtet, was er mag, egal ob seine gammligen alten Sachen hier oder seine nass geregnete Tochter. In seinen Augen sieht das alles schön aus. Er drückte mich zur Begrüßung und gab mir dann ein Papiertaschentuch, damit ich meine beschlagene Brille abtrocknen konnte. Er hat Ahnung von so was, denn auch er hat eine dicke Brille. Tja, die Macht der Gene …

Kurz darauf saßen wir uns in seinen schönsten Sesseln gegenüber und tranken Kaffee. Meine Mutter erlaubt mir keinen Kaffee. »Da kriegst du Herzklopfen von!«, wobei sie es ist, die von Kaffee Herzklopfen kriegt, nicht ich, aber das ist ihr nicht klarzumachen. Mein Vater kriegt von nichts Herzklopfen, er ist der Bernhardinertyp, auch äußerlich, den absolut nichts aus der Ruhe bringt. Und er stellt zum Glück auch keine neugierigen Fragen nach Schule oder Noten oder Jungs. Ich hatte kurz überlegt, mit ihm über die Rosen zu sprechen, immerhin war er mal ein Junge und weiß vielleicht, wie die ticken und wie ich rausfinden könnte, von wem sie sind. Aber als ich meinem Vater jetzt gegenübersaß, war mir klar, dass ich da kein Wort drüber rausbringen könnte. Viel zu peinlich. Und einfach nicht unser Thema. Wir verstehen uns gut, aber eher im Sinne von »gemütlich miteinander schweigen«. Das taten wir nun ausgiebig beim Kaffee. Ich merkte allerdings, dass mein Vater mich etwas durchdringender ansah als sonst. Und plötzlich fragte er: »Kann ich irgendwas für dich tun?«

Ich war so überrascht, dass ich reflexhaft »Ja!« gesagt hatte, bevor mein Verstand ganz angesprungen war. Von wegen Kaffee stärkt die Geisteskräfte! Jetzt musste ich mir schnell was ausdenken, damit mein Vater nicht anfing nachzubohren, und so sagte ich: »Ich will ein Schülerpraktikum machen in 'ner Anwaltskanzlei, aber ich trau mich nicht, da anzurufen.«

Mein Vater sah mich noch eine Weile ganz entspannt an. »Die Nummer hast du dabei?«

»Ja, auf meinem Handy.«

»Dann gib mal.«

Und ehe ich richtig nachgedacht hatte, legte ich mein Handy in die große raue Bernhardinerpratze meines Vaters. Ich musste ihm dann helfen, die Nummer aus dem Telefonbuch aufzurufen, denn mein Vater hat's nicht so mit Handys. Dann wollte er noch, dass ich die Rufnummerunterdrückung einschalte, sodass also meine Nummer nicht sichtbar ist für den Angerufenen, und dann wählte er und lehnte sich locker zurück. Mir war nicht klar, ob ich das jetzt gut finden sollte. Wenn Big Daddy da anruft, dann wirkt das doch, als ob ich zu blöd dazu wäre! Aber zu spät.

»Wessmeier mein Name, Bundesagentur für Arbeit, Abteilung Praktika, Guten Tag«, sagte mein Vater.

Hä?? Er hieß mitnichten Wessmeier, sondern Borgmann wie ich. Es gab eine Pause, in der offenbar jemand etwas antwortete. Ich starrte meinen Vater mit Riesenaugen an und hatte echt keine Ahnung, was er da vorhatte.

»Wir informieren uns zurzeit über die generelle Verfügbarkeit von Schülerpraktikumsplätzen. Wie sieht das denn bei Ihnen aus?«

Pause.

»Ah ja, ich notiere, das hört sich ja wirklich gut an, sehr vorbildlich …«

Inzwischen glotzte ich wie ein triefäugiger Basset. Was soll das werden?? Das bringt mich doch keinen Schritt weiter! Auch wenn es offenbar Plätze gibt, muss ich doch noch selbst da anrufen, das ist doch total beknackt! Ich verdrehte die Augen und hörte kaum noch hin, als mein Vater schon bei den Abschiedsfloskeln war: »Ja, danke, keine Ursache, dann einen schönen Tag noch, gleichfalls, ja …«

Da hielt er plötzlich überrascht inne. »Ja bitte?«, fragte er laut in meine Richtung. Ich glotzte noch blöder und guckte mich sogar um, denn es schien, als meinte er jemand, der hinter mir grad den Laden betreten hatte. »Du suchst Infos zu Schülerpraktika?«, fragte er mich viel zu laut.

Ich war so platt, dass ich einfach »Äh, ja« sagte.

»Da bist du hier richtig! Komm nur rein, ich hab hier grad eine Anwaltskanzlei am Apparat, die bietet regelmäßig einen Platz an. Interesse?«

Jetzt kapierte ich! Und spielte mit: »Oh prima! Gerade so was interessiert mich«, sagte ich laut. Ich hatte gar keine Zeit, nervös zu werden. Mein Vater zwinkerte mir zu und sprach wieder ins Telefon.

»Ich habe hier gerade eine junge Dame, die ein Schülerpraktikum sucht. Ich geb sie Ihnen mal …« Und er drückte mir das Telefon in die Hand.

Das Gespräch lief total easy, eine freundliche Dame fragte mich nach Namen, Geburtsdatum, meiner Schule und wann ich das Praktikum machen wollte. Ich sprach völlig normal und ohne zu stottern. Und nun das Beste: Ich wurde die ganze Zeit gesiezt, ohne dass mir das komisch vorkam! Zum Schluss bekam ich noch einen Termin in zwei Wochen und die Adresse, um mich persönlich vorzustellen. Ich schrieb alles auf und erst nach dem Auflegen, als ich den Zettel mit Termin und Adresse einsteckte, begannen meine Hände vor Aufregung zu zittern.

Ich hatte es geschafft! Ich war meinem Schülerpraktikum einen Riesenschritt näher gekommen! Mein Vater sah auf meine Flatterhände und grinste. »So ist's recht: Muffensausen erst nachher kriegen!«

Ich machte einen auf lässig: »Das kommt vom Kaffee.«

Dann lachten wir und prosteten uns mit den Kaffeetassen zu. Manchmal ist so ein Papa einfach nur genial!

6. Kapitel

Kaum hatte ich mich eine Weile später von meinem Vater verabschiedet und war um die erste Ecke geradelt, hielt ich an, frickelte mein Handy aus der Tasche und wählte Pias Nummer. Ich musste ihr das mit dem Praktikumsplatz erzählen und natürlich auch endlich über die Rosen reden! Mit angehaltenem Atem wartete ich auf den Verbindungsaufbau. Bitte, bitte nicht wieder »Der gewünschte Teilnehmer ist vorübergehend nicht erreichbar«. Nein! Es gab ein Freizeichen!! Geh ran, Pia, geh ran!!! Tuut… Tuut… Tuut… Tuut… Mit jedem »Tuut« sank mein Herz tiefer in die Verzweiflung. Und dann kam nur noch tut, tut, tut… Pia hörte ihr Handy nicht oder konnte nicht rangehen oder wollte nicht rangehen. Was war da los??

Extrem gefrustet radelte ich weiter. Die Freude über den Vorstellungstermin fürs Schülerpraktikum war total überlagert vom Frust über Pia. Wie lange kann man denn mit einem Kerl säuseln, verdammt noch mal? Wut kochte hoch. Echt, wenn ich die erwische, dann werd ich ihr klipp und klar sagen, wie scheiße das ist, die beste Freundin so hängen zu lassen! Die nächsten drei Kilometer malte ich mir aus, was ich Pia alles an den Kopf werfen würde, wenn sie endlich an ihr doofes Telefon ging. In Abständen von wenigen Minuten versuchte ich, sie zu erreichen. Aber sie ging nicht ran. Mann, war ich sauer!

Als ich die steile Anhöhe vom Flussufer Richtung Innenstadt

hochstrampelte, klingelte mein Handy. Es war Pia. »Mann Pia, wo warst du denn? Ich hab mir in die Hose gemacht vor Sorgen! Geht's dir gut, ist alles o. k.?« So viel zum Thema sauer und an den Kopf werfen …

Eine gute Stunde später hockten wir zusammen in meinem Zimmer in den beiden Sitzsäcken, die mein Vater mir zum letzten Geburtstag geschenkt hat. Zwei Originale aus den 1970er-Jahren, entsprechend angeschrammelt, aber unheimlich gemütlich. Leider mit einem Nebeneffekt: Es stehen einem sofort die Haare elektrisch zu Berge. Aber das Phänomen der Elektrostatik ging uns zurzeit völlig am A…, äh, am Haar vorbei, denn wir hatten drei wirklich brennende Themen zu besprechen: 1. mein Vorstellungstermin fürs Schülerpraktikum, ein spannendes, aber schnell erzähltes Thema ohne seelische Komplikationen. 2. Pias Date mit Ole, auch relativ schnell erzählt: »Wir waren im Zoo, im Regenwaldhaus, und da muss man das Handy ausmachen. Und im Affenhaus war so 'n Lärm, da hab ich's nicht klingeln gehört.« Nach dieser nachvollziehbaren Erklärung hatte ich auch mit diesem Thema keine seelischen Komplikationen mehr, vor allem weil Pia meinte: »Ich glaub, dieser Ole ist ein bisschen lahm …« Und so blieb das Thema Nummer drei: Von wem sind die Rosen? Seelischer Komplikationsfaktor 200 000!

»Also, wir sollten da mal ganz systematisch vorgehen«, meinte Pia, raschelte sich noch eine bisschen tiefer in den Sitzsack und sah nachdenklich auf den Rosenstrauß, den ich genau zwischen uns auf ein Tischchen gestellt hatte.

Systematisch! Eine Superidee. Ich sprang auf – o. k., ich wühlte mich unbeholfen hoch, denn wenn man was *nicht* kann aus einem Sitzsack, dann ist das aufspringen – und nahm Papier und Bleistift. Pia sah mich etwas seltsam an, aber ich mochte die Idee sehr, mir Notizen zu machen. Ganz systematisch! »Auf jeden Fall ist der Typ von unserer Schule«, stellte ich fest, nachdem ich wieder im Sitzsack saß.

»Wieso? Die Schulen sind doch nicht abgeschlossen, das kann jeder gewesen sein«, entgegnete Pia.

Ich sah sie streng an. »Ja klar, ich bin ja auch ein Mädchen, hinter dem völlig unbekannte Kerle stundenlang herrennen, um rauszufinden, wo es zur Schule geht und in welches Klassenzimmer!«

Pia sagte darauf nichts, sondern guckte nur noch ein bisschen seltsamer.

»Also von unserer Schule«, stellte ich fest. »Nehmen wir das Naheliegende zuerst: unsere Klasse.«

Wir sahen uns an und mussten lachen. Von den zwölf Jungs in unserer Klasse sind neun in Nina verknallt, zwei sind komplette Computerfreaks, die noch nicht mal gemerkt haben, dass es Mädchen gibt, und Malte, der verschrobene Sitzenbleiber, hält Valentinstag ja für amerikanischen Kulturimperialismus und wird deswegen wohl kaum straußweise Rosen verteilen. Ich war erleichtert, dass von den Jungs aus meiner Klasse keiner in Frage kam, denn die sind alle weder interessant noch nett noch gut aussehend. Vor allem nicht im Vergleich zu – Dominik. Den hätte ich ja am liebsten direkt aufgeschrieben, aber ich zögerte. Pia weiß natürlich, dass ich schon lange in Dominik verschossen bin, aber wir reden da nicht viel drüber. Wahrscheinlich ist ihr ebenso klar wie mir, dass ich da nie eine Chance hab, und sie will mir das nicht noch extra unter die Nase reiben. Und auch ich wollte diesen Namen hier nicht allein als Erstes stehen haben. Mein Mut sank. Denn wer bitte sollte denn jemals auf der Liste stehen?

»Lukas!«, rief Pia. »Der hat dir auf dem Sommerfest so nett aufgeholfen.«

Ja, das stimmte. Ich war am Waffelstand über eine leere Coladose gestolpert und Lukas war wirklich nett und hat auch fast gar nicht geflucht, obwohl ich ihn beim Fallen von oben bis unten mit Puderzucker von meiner Waffel eingestäubt hatte. Die Sache hatte nur einen kleinen Haken: »Lukas ist letzten Oktober nach Saarbrücken gezogen.« O.k., also weiter nachdenken.

»Jonas! Und Felix! Und Tom!«, rief Pia. »Eigentlich alle aus der 9b.«

Ich hielt kurz inne beim Schreiben und grinste Pia an. »Außer vielleicht Ole, was?«

»Außer vielleicht Ole«, sagte sie lächelnd. Wir versuchten, uns an so viele Jungsnamen aus der 9b zu erinnern wie möglich. Das ergab eine ganze Menge. Und rein theoretisch kamen die tatsächlich alle in Frage, weil wir kurz vor Weihnachten einen gemeinsamen Ausflug ins Haus der Geschichte nach Bonn unternommen hatten, wir, die 8b und die 9b. Ich fand das in diesem Haus der Geschichte super interessant und hab ständig Fragen gestellt, bis ich plötzlich merkte, dass ich die Einzige war, die Fragen stellte. Und auch wenn ich dann sofort die Klappe gehalten hatte, war ich garantiert auch noch dem Letzten aufgefallen: Annette, die pummelige Streberin aus der 8b …

Während ich weiter auf das Schreibpapier voller Namen aus der 9b guckte, sah ich vor meinem inneren Auge Dominik aufsteigen … seufz … den goldblonden, freundlichen, umgänglichen, supersüßen Do… »Also *theoretisch* kommen die 9b-ler in Frage«, platzte Pia arglos in meinen Tagtraum. »Aber praktisch haben die doch auch alle nur Nina angeglotzt.«

Dem konnte ich wenigstens teilweise widersprechen: »Alle außer Ole. Der hat dich angeglotzt.«

Pia ließ das diesmal unkommentiert und fügte stattdessen hinzu: »Und außer Jonas, Felix und Tom.« Damit hatte sie recht. Denn Jonas, Felix und Tom sind die totalen Blödsinn- und Quatschmacher aus der 9b, die kommen vor lauter Blödsinn- und Quatschmachen gar nicht dazu, irgendwelche anderen Menschen anzugucken, geschweige denn Mädchen. Und wer nicht mal Nina anguckt, der guckt doch eine wie mich erst recht nicht an! Aber Pia bestand darauf, die drei Namen aufzuschreiben. Wahrscheinlich damit wenigstens irgendwas auf dem Papier stand, nicht weil die ernsthaft in Frage gekommen wären.

Dann konnte ich nicht länger an mich halten. »Rein theoretisch könnte es auch einer aus der 9a gewesen sein …«, sagte ich so beiläufig wie möglich.

Pia sah mich lange an und grinste. »Na los, schreib schon auf!«

»Wen denn?«, fragte ich. Ein schlapper Versuch, gleichgültig zu erscheinen.

»Na, den Do, den Mi und den Nik!«

In einer geradezu heiligen Handlung schrieb ich »Dominik« auf die Liste.

»Weißt du überhaupt, wie man den schreibt?«, fragte Pia. »Mit c, mit k oder mit ck?«

Ich verdrehte die Augen. »Klar weiß ich das! Mit k! Ich weiß das seit zwei Jahren! Ich hab dafür doch mal heimlich in deren Klassenbuch geguckt!« Mir wurde ganz warm ums Herz, als ich daran dachte, denn das war eine sehr aufregende Sache gewesen.

»Du hast *was?*«, fragte Pia mich mit großen Augen.

»Na, ich hab dem Klassenlehrer das Klassenbuch aus der Aktentasche gemopst, als er auf dem Gang in ein Gespräch mit the Schnepfe vertieft war.«

Wieder sah Pia mich so seltsam an. Irgendwie besorgt. »Du hast wirklich ein Problem«, konstatierte sie.

»Wieso Problem?« Ich wurde grätzig. »Wieso ist das ein Problem, wenn ich seit zwei Jahren Dominik gut finde? Und wenn ich dafür mal kurz in ein fremdes Klassenbuch schaue?«

Pia sagte eine Weile gar nichts mehr. Und dann: »Komm, Nette, lass uns 'ne Pause machen vom Rosenmysterium und uns ein paar Poesiealbum-Sprüche reinziehen!«

Das war mir nur recht. Irgendwie funktionierte das Thema Dominik nie so richtig zwischen Pia und mir. Außerdem kam ich so um die unangenehme Aufgabe herum, irgendwelche Jungsnamen aus unserer Parallelklasse, der 8a, aufzuschreiben. Denn die Jungs aus der 8a, die sind alle so was von Schwachmaten, da bleibt man lieber sein Leben lang Single.

Also, ich zeigte Pia, wie man Poesie-Roulette spielt: Augen zu und Finger auf irgendeine Seite. Das kam dabei raus:

Sei deiner Eltern Freude, beglücke sie durch Fleiß,
so erntest du im Leben dafür den schönsten Preis.

In dem Augenblick hörte ich, wie meine Mutter nach Hause kam, und ich rief, noch bevor sie meine Zimmertür geöffnet hatte: »Ich hab mit der Anwaltskanzlei gesprochen und jetzt hab ich einen Vorstellungstermin fürs Schülerpraktikum!«

Eine Millisekunde später schaute meine Mutter ins Zimmer und war völlig begeistert. »Toll, mein Mädchen! Dann lass uns doch heute zur Feier mal Pfannkuchen machen! Pia, du kannst natürlich mitessen!«

Kaum war sie wieder weg, starrte ich Pia an. »Pfannkuchen? *Meine* Mutter will *mir* Pfannkuchen machen?«

»Vielleicht war das gar nicht deine Mutter, sondern nur ihre von Außerirdischen gesteuerte Hülle«, überlegte Pia, die meine Mutter gut kannte und deshalb genauso baff war.

»Auf jeden Fall ist dieses Roulette eine Art Orakel«, sagte ich nachdenklich.

»Ja, es sagt wirklich die Zukunft voraus …«, stimmte Pia zu.

Ich starrte auf das Buch und konnte nur eins hinzufügen: »Gruselig!«

7. Kapitel

Am nächsten Morgen radelte ich wie immer durch den Park zur Schule. Ich fühlte mich einigermaßen o. k., obwohl ich die ganze Nacht über die Herkunft meiner Rosen nachgegrübelt hatte, halb im Schlaf, halb im Wachen. Zugegebenermaßen rankten sich meine Spekulationen dabei meistens – o. k., immer – um Dominik. Ich war also entsprechend unausgeschlafen und angematscht, als meine Mutter mich weckte. Den Wecker samt Snooze-Funktion hatte ich vergessen zu stellen, so weich war ich schon in der Birne. Und wie das Schicksal so spielt, war ich natürlich an diesem Tag auch nicht von selbst vor dem diesmal nicht vorhandenen Weckerklingeln wach geworden.

Zu meiner Überraschung gab's dann den ganzen Morgen lang keinen Streit zwischen mir und meiner Mutter. Sie schielte zwar immer mal wieder nach den Rosen, aber verkniff sich tapfer irgendwelche Fragen. Auch nervte sie nicht von wegen »zurechtmachen« und »Brot ohne Butter essen«. So schön das auch war, drängte sich mir der Gedanke auf: »Kaum hat die Tochter einen Verehrer, ist Mutti sofort ganz entspannt.« Als ob Verehrer das Wichtigste im Leben wären!! Zum Ausgleich für den entspannten Morgen gab es dann zum Abschied doch noch eine kleine, nervige Debatte zum üblichen Thema »Vergiss nicht wieder deinen Schlüssel«. Aber da war ich richtig beruhigt. Denn nun war klar, es war wirklich meine Mutter und nicht etwa ihre von Außerirdischen gesteuerte Hülle.

Kurz darauf radelte ich am Ententeich vorbei und hielt Ausschau nach meinem Lieblingshund, dem Golden Retriever, als ein struppiges, graubraunes Etwas aus dem Wasser schoss und Millimeter vor meinem Fahrrad an mir vorbeisauste. Vollbremsung, Hechtsprung über den Lenker und klatsch auf den Boden. Das alles passierte in weniger als einer Sekunde und so saß ich noch auf meinem – zum Glück gut gepolsterten – Hintern und versuchte zu kapieren, was los war, als das nasse, graubraune Etwas wieder angewetzt kam und wie wild begann, mein Gesicht abzuschlabbern. Hinter dem Etwas tauchte Malte aus meiner Klasse auf und mühte sich ab, das Etwas am Halsband zu packen. So langsam konnte ich wieder denken und kombinierte: Graubraunes Etwas trägt ein Halsband und schlabbert mich ab – es handelt sich um einen Hund. Ich sitze auf dem Arsch und reibe mir zusätzlich die Rippen – ich bin vom Fahrrad gefallen. Malte aus meiner Klasse packt graubraunes Etwas am Halsband und redet drauf ein – der Hund ist der Grund für meinen Sturz. Dann wunderte ich mich, und so war mein erster Kommentar nach dem Sturzflug ein geistreiches: »Äh, du hast 'n Hund?«

»Nein, nein, der gehört unseren Nachbarn. Mischling zwischen Mops und Terrier, deswegen hat der so einen starken Jagdinstinkt. – Bist du o.k.? Kannst du aufstehen?« Malte sah mich besorgt an. Ich rappelte mich schnell hoch, um ihm zu zeigen, dass ich noch lebte.

»Ja, alles o.k., nichts passiert.« Mir tat wirklich kaum was weh, nur meine Klamotten waren von oben bis unten verschlammt. »Ich glaub nur, ich sollte noch mal nach Hause, mich umziehen …«

»Ist echt alles o. k.?«, fragte Malte und hielt dabei den Mops-Terrier-Mischling fest, der die ganze Zeit versuchte, begeistert an mir hochzuspringen.

»Äh, ja ja, kein Problem. Sag nur the Schnepfe Bescheid, dass ich ein bisschen später komme, von wegen kleiner Unfall und so…« Ich schwang mich aufs Rad und fuhr schnell davon. Als ich um die erste Ecke gebogen war, wurde mir klar, wie besorgt Malte gewesen sein muss. Er hatte nämlich keinen einzigen Spruch geklopft.

Ich muss ihm gleich unbedingt noch mal sagen, dass echt alles o. k. ist, dachte ich, als ich fast an unserer Wohnungstür angekommen war. Das war es auch, mir tat nicht mal mehr die Arschbacke weh, auf der ich gelandet war. Jetzt nur schnell raus aus den dreckigen Klam…

Oh no. – Oh no, no, no. – Ich hatte meinen Schlüssel vergessen.

Ich stand vor unserer Wohnungstür mit dem Gefühl, als ob ich gerade einen Baseballschläger vor die Stirn bekommen hätte. Bestimmt eine Minute lang konnte ich mich überhaupt nicht rühren. Dann wühlte ich wie eine Irre meinen Schulrucksack durch, kippte alles auf unsere Fußmatte, durchforstete alle Jacken- und Hosentaschen. Dabei wusste ich genau, wo der Schlüssel lag. Auf dem Tischchen zwischen den Sitzsäcken, genau neben der Vase mit dem Rosenstrauß. Denn da hatte ich ihn nach der Debatte mit meiner Mutter über ebendiesen Schlüssel hingelegt, um ihn dann in meinen Schulrucksack zu tun. Nur diesen letzten Schritt, den hatte ich irgendwie ausgelassen. Ich starrte auf die Fußmatte und überlegte ernsthaft, da jetzt ganz feste reinzubeißen. Aber es half ja alles nichts. Ich musste nachdenken. Also holte ich tief Luft und ging meine Optionen durch.

A) Ich gehe zu meiner Mutter in den Schönheitssalon und bitte sie um ihren Schlüssel. – Absolut und 100 Prozent unmöglich.
B) Ich kann einen Schlüsseldienst rufen. – Auch völlig unmöglich, denn ich habe nicht die 150 Euro, die das mal eben kostet.
C) Ich rolle mich auf der Fußmatte zusammen und sterbe. – Das klappt doch eh nicht.
D) Ich gehe einfach verschlammt zur Schule.

Knapp 20 Minuten später kam ich in der Schule an. Die Matschflecken waren inzwischen getrocknet, was sich angenehmer anfühlte, nur leider schlimmer aussah, denn jetzt waren sie hell und auf meinen Klamotten viel stärker zu sehen. Ich ging erst mal aufs Klo. Erstens um zu versuchen, die Matschflecken abzuklopfen und rauszurubbeln, und zweitens, um die Fünfminutenpause abzuwarten. Ich wollte in diesem Aufzug keinen Sonderauftritt vor der ganzen nach vorn glotzenden Klasse hinlegen. Während ich da also im Klokabuff an meiner Hose rubbelte und meine Jacke ausklopfte, fiel mein Blick auf das Gekritzel an der Tür. Der übliche Schwachsinn aus »Mia ist blöd«, »Ich hasse Physik« und »Take That Forever«. Offenbar war die Tür schon verdammt lange nicht mehr gestrichen worden. Und plötzlich: »Nina und Dominik«. In einem Herz. Und in ganz frischer Schrift. Wenn der Klodeckel nicht zu gewesen wäre, wäre ich in die Schüssel gefallen und hätte mich vor Entsetzen selbst runtergespült. So aber setzte ich mich nur und starrte fassungslos auf das Herz.

Was sollte das jetzt?? Es gab keine Zweifel, dass Nina das geschrieben hatte, denn sie hat so eine extra kugelige Mädchenschrift und macht aus jedem Punkt einen affigen kleinen Kringel, absolut unverkennbar. Nun sollte man ja nicht alles glauben, was an Klowänden steht, und es ist auch garantiert nichts am Laufen zwischen Nina und Dominik, denn das hätte sie rausposaunt wie Politiker sinkende Arbeitslosenzahlen. Aber trotzdem haute mich das um. Denn es bedeutete, dass ich, die pummelige, haferbreihaarige, dick bebrillte – und heute auch noch vollgeschlammte – Annette, mit Nina konkurriere. Mit der schönen, schlanken, glanzhaarigen – und garantiert niemals vollgeschlammten – Nina. Wenn ich eine Comicfigur wäre, dann hätte in diesem Moment in riesigen Buchstaben folgendes Wort über mir gestanden: »Gulp.«

Wie ich dann in der Fünfminutenpause aus dem Klo raus- und in unser Klassenzimmer reingekommen bin, weiß ich gar nicht mehr. Ich weiß nur noch, dass Pia und Malte besorgt um mich rumwuselten, ob mir nicht doch was passiert sei beim Vom-Fahrrad-Fallen. Und Malte quasselte mich voll über den Hund seiner Nachbarn, dass der normalerweise total süß sei – na ja – und charmant – na o. k., gut drauf, das war er – und nur ein bisschen ungestüm – allerdings! –, und dass die Nachbarn mit ihm so wenig rausgingen und er das deshalb mache und blablabla. Ich konnte kaum zuhören, sondern musste wie zwanghaft zu Nina starren. Und für mich sehr unvorteilhafte Vergleiche ziehen.

Kurz nach dem Klingeln zur großen Pause wurde Nina dann auf mich aufmerksam, kein Wunder, ich glotzte sie ja dauernd an, und sie rief durch die Klasse: »He, Annette, haste dich im Dreck gewälzt, weil du gehört hast, dass Schlammpackungen schlank machen?« Dank dem begeisterten Lachen und Kreischen der anderen Tussen erwartete niemand eine Antwort von mir. Später auf dem Hof schien aber den meisten gar nichts weiter aufzufallen und sooo schlimm war meine Verschlammung ja auch nicht mehr, nachdem Pia mich noch mal ordentlich abgeklopft hatte. Nur noch ziemlich schlimm.

Das Gute am Phänomen Schule zeigte sich mir dann in der nun folgenden Mathestunde: Es kann einen wirklich ablenken. Von Rosengedanken, Dominik-Fantasien und dreckigem Outfit. Vor allem Mathe eignet sich gut dazu. Ich hatte also eine recht angenehme halbe Stunde in der schönen, reinen Welt der Vektoren und Trapeze, bis ich den nächsten Schlag bekam. In Form einer harmlosen SMS. Mit folgendem Inhalt: »Liebe Frau Borgmann, könnten Sie bereits heute um 15.00 Uhr zum Vorstellungsgespräch kommen? Wir müssen den Praktikumsplatz aus organisatorischen Gründen noch heute vergeben. Mit freundlichen Grüßen, Anwaltskanzlei Kranz und Gessler.«

Ich war so geplättet, dass ich minutenlang auf das Handy starrte, bis unser Mathelehrer drohte, es mir abzunehmen. Pia machte mir alarmierte Zeichen, was denn los sei, aber wie gesagt sitzen wir ja nie zusammen und so musste ich bis zum Klingeln warten, um ihr die Katastrophen-SMS zu zeigen.

»Ich kann doch nicht total verschlammt zum Vorstellungsgespräch«, keuchte ich.

»Dann hol doch einfach den Schlüssel von deiner Mutter«, meinte sie zuerst noch ganz arglos.

»Bist du wahnsinnig?« Manchmal kapiert Pia wirklich nichts. »Wenn die rauskriegt, dass ich wieder, und gerade *heute* wieder, meinen Schlüssel vergessen hab, dann tanzt die den Ich-hab-es-dir-gesagt-Tanz, aber bis der Fussboden durch ist!«

Pia sagte nichts mehr. Und zum zweiten Mal an diesem Tag musste ich meine Optionen durchgehen:

A) Vorstellungstermin sausen lassen. – Ganz schlecht.
B) In verschlammten Schlabberklamotten da auftauchen und hoffen, dass bei denen nur innere Werte zählen. – Hohes Risiko.

C) Bei meiner Mutter zu Kreuze kriechen und ihren Schlüssel holen. – Siehe oben: nein, nein, nein!

Da hatte Pia eine Idee: »Wie wär's mit Option D)?«

»Und was soll das sein?«

»Neue Kleider kaufen.«

Ich konnte nur noch glotzen. Halloo? Hatte die sie noch alle?? Weil aber die Optionen A) bis C) alle nichts waren, ließ ich mich wirklich nach der letzten Stunde von Pia in die Businessabteilung einer bekannten schwedischen Klamottenkette schleppen. Ich protestierte noch, dass wir doch kein Geld hätten, aber das zog nicht, denn Pia hatte schnell genügend davon bei sich zu Hause aus dem Sparschwein gepopelt. Ich stand dabei und verfluchte im Stillen Pias großzügige Großeltern. Wie kann man eine Dreizehnjährige nur so verwöhnen und ihr ständig 20- und 50-Euroscheine hinterherwerfen?!

»Ich kann dir das nie im Leben zurückzahlen«, jammerte ich. Aber auch das zog nicht, Pia meinte nur: »Wenn du das Praktikum machst, brauchst du dafür eh was Ordentliches zum Anziehen. Deine Mutter zahlt das sicher gern!« Das stimmte. Leider.

In der Tat, meine Mutter hätte vor Begeisterung gequietscht, wenn sie mich jetzt in dieser Abteilung für schmale Blusen und elegante Hosen gesehen hätte. Ich dagegen kam mir vor wie Maltes Hund im Pinguingehege: struppig auf einer Party für Frackträger! Klar, auch ich bin natürlich ab und zu in diesem schwedischen Klamottenladen, aber immer nur in der Abteilung »Jeans und T-Shirts«, und selbst da habe ich stets das Gefühl, ich bin fehl am Platz unter all den Nina-mäßigen Tussen. Und zu diesem Gefühl gab es jetzt die Steigerung: ich inmitten schicker Frauen über 30, die seriöse Hosenanzüge shoppten. Kreisch!

Entsprechend eingeschüchtert tappte ich hinter Pia her, die zack, zack, zack ein paar Sachen von den Ständern nahm und mich damit in eine Umkleidekabine schob. Mit den Worten: »Probier das an und sag dann Bescheid!«, ließ sie mich allein.

Oh, wie ich Umkleidekabinen hasse! Die stickige Luft, das fiese Licht und der große Spiegel, aus dem mich eine verschreckte, verschlammte Annette ansah. Und die sollte sich jetzt auch noch ausziehen?? Ich wollte nur noch weg. Schülerpraktikum ist doch eh für den Arsch. Ich geh einfach nicht zu dem Termin, dachte ich, und nehm dann halt so ein Loser-Praktikum, das die Lehrer immer zur Sicherheit bereithalten. Zwei Wochen lang Regale im Supermarkt auffüllen, was ist schon dabei!

Eine Menge. Offenbar war die Aussicht auf zwei Wochen sterben vor Langeweile im Supermarkt noch schlimmer als die Aussicht, mich hier in komische Kleider zu zwängen, denn irgendwie stand ich schließlich in einer Hose mit Bügelfalte da, so ein grün-beige-braun melierter Stoff war das, und in einer farblich passenden Bluse, tailliert und mit feinen Längsstreifen.

Und da musste ich zugeben, dass das ganz o. k. aussah. Der Hosenstoff wirkte kratzig, war aber ganz weich. Die Bluse nahm geschickt Rücksicht auf meine rundlichen Stellen und war weder eng noch kneifig, gab aber doch eine tolle Form. Dazu gab es einen schmalen Mantel in Hellbraun, außen Baumwolle, innen ein Steppfutter, in dem ich aber trotzdem nicht aussah wie eine Wurst in knapper Pelle, wie sonst in Mänteln. Stattdessen schien ich sogar ein Stück größer zu sein. Erstaunlich … Also die Trulla, die mir da in Hose, Bluse und Mantel aus dem Spiegel entgegenguckte, war zwar nicht ich, machte aber einen ziemlich vernünftigen Eindruck.

Wie eine, die zwar schick ist, aber trotzdem viel an der frischen Luft. Wald-und-Wiesen-schick irgendwie. Eine, die Rosen züchtet, Freilandrosen natürlich, und die als Hund einen Golden Retriev…

»Und?«, fragte Pia durch den Vorhang, bevor ich mich in weiteren Gedanken an Rosen und Hunde verlieren konnte.

»Na ja, ich weiß nicht…«

Pia kam in die Kabine. »Hey, ist doch super! Steht dir echt gut, das nehmen wir. Gib nur kurz her, ich bezahl, mach die Preisschilder ab und dann ziehst du alles wieder an.«

Und so trat ich kurz darauf als elegante Freilandfrau aus dem schwedischen Klamottengeschäft. Mein altes Ich steckte in einer großen Plastiktüte. Ein sehr seltsames Gefühl. Pia grinste mich an, sehr mit sich zufrieden. »Echt klasse! Ich sollte Stylistin werden!«

»Und warum machst du dann ein Praktikum in einer Müllverbrennungsanlage?«, fragte ich. So war es wirklich: Pia hatte doch glatt einen Praktikumsplatz in der städtischen Müllverbrennungsanlage. Und das natürlich schon seit Wochen. Sie hatte sich da bei der Stadtverwaltung einfach hartnäckig durchgefragt und einen Platz bekommen.

»Weil mich Müllverbrennung interessiert«, meinte Pia nur.

»Und mich interessiert Kalorienverbrennung.« Ich zog Pia zum nächsten Bäcker. »Ich brauch vor dem Vorstellungstermin ein Käsebrötchen, unbedingt.«

Pia sah auf ihre Uhr. »O.k., aber kau schnell, denn ich hab noch was anderes mit dir vor…«

Zum Glück erfuhr ich erst nach dem Käsebrötchen, was Pia mit mir vorhatte, denn sonst wäre ich garantiert vor Schreck am Brötchen erstickt. Pia schleppte mich in ein Kaufhaus – und ich dachte noch, sie will dadurch nur den Weg abkürzen! – und zog mich auf einen Hocker in der Kosmetikabteilung. Ich ahnte Schreckliches. Zurechtmachen! Da sagte Pia schon in ihrer unnachahmlich coolen Art zu der Make-up-Lady, die dort arbeitete: »Wir bräuchten mal Ihre Beratung. Wie schminkt man sich denn dezent für ein Vorstellungsgespräch? Wir haben da gar keine Erfahrung.«

»Äh, schminken, mich?« Mir brach der Schweiß aus.

Aber da hatte die Make-up-Lady schon begeistert mein Gesicht zwischen ihre Hände genommen. »Wunderbar, dieser zarte, jugendliche Teint! Und ganz ungeschminkt, so sollte man kommen, das vergessen die meisten Kundinnen!«

Gut, dass die Make-up-Lady nicht wusste, dass noch nie auch nur ein Kajalstift je meinen »Teint« berührt hatte … Ich warf Pia noch einen gestressten Blick zu und schloss dann die Augen. Ich konnte nicht mehr. Jetzt einfach einschlummern, einfach die Snooze-Taste drücken …

Es wurde ein Weilchen an mir getüpfelt und gewischt. Als ich mich schließlich traute hinzusehen, sah mir wieder die schicke Freilandfrau aus dem Spiegel entgegen. Sie sah eigentlich aus wie vorhin, nur irgendwie ein bisschen besser. Die Make-up-Lady strahlte vor Freude über ihr Werk und rasselte herunter: »Ganz dezent, ganz natürlich! Und zurzeit haben wir unsere Vorteilswochen: Puder, Lidschatten, Mascara und Rouge mit 30 Prozent Rabatt!«

»Ja, prima«, sagte Pia, »und danke, wir kommen auf Ihr Angebot zurück.« Und weg zog sie mich. Mann, so locker will ich auch mal auf Aufschwatzsprüche reagieren können! Drei Straßen weiter lieferte Pia mich bei der Kanzlei ab, umarmte mich noch mal zum Abschied und zack, war sie auch schon um die Ecke und weg. Und ich war auf mich alleingestellt.

Padumm machte mein Herz. Dann ein Aussetzer und dann ging's richtig los: padumm, padumm, padumm, padumm … Herzklopfen. Mist, Mist, Mist! So viel Hosenschiss für ein blödes Schülerpraktikum! Ich wurde fast ein bisschen sauer auf mich selbst. Und das half ein wenig gegen das Herzklopfen. Und dann dachte ich noch mal ganz fest daran, wie ich mich im Supermarkt zu Tode langweilen würde: endlose Regale voller Dosenerbsen, endlose Reihen mit Küchenrollen und Klopapier und… Mein Finger drückte quasi von selbst auf die Klingel.

8. Kapitel

Ich wurde von einer Empfangsdame durch hohe Räume mit ebenso hohen Regalen voller Aktenordner geleitet und dann ins Büro von Frau Gessler. Sie trug wirklich die alles kaschierende Anwaltsrobe, wirkte aber ansonsten gar nicht anwaltsmäßig: windzerzauste rote Haare, Sommersprossen, blitzende Augen. Sie wühlte auf ihrem ganz schön chaotischen Schreibtisch herum und mampfte dabei eine Rosinenschnecke.

»Annette Borgmann? Hallo, ich bin gleich so weit, komme grad vom Amtsgericht … – Ah, hier ist, was ich suche! – So, erst mal Guten Tag!« Sie schüttelte mir kräftig die Hand, wobei ihre recht große Pranke ein bisschen klebte von der Rosinenschnecke. »Du willst also ein Betriebspraktikum bei uns machen …« Frau Gessler hängte ihre Anwaltsrobe ziemlich nachlässig auf einen Kleiderbügel und steckte sie dann in einen Schrank. »Warum gerade bei uns?«

»Weil ich mich in einem Supermarkt zu Tode langweilen würde«, platzte ich raus und hätte mich sofort dafür prügeln können.

Aber Klebe-Pranken-Gessler lachte nur. »Das ist die richtige Einstellung! Bloß nicht langweilen! Nun sagt man ja, dass Juristen auch langweilig sind, aber das ist Quatsch. Für mich ist das der spannendste Beruf, den ich mir vorstellen kann!«

Und dann erzählte sie so lebhaft von ihrem Studium, von

ungewöhnlichen Streitfällen und durchgeknallten Mandanten, dass mir echt der Mund offen stehen blieb. Alles lief total locker und ich stellte zwischendurch ganz entspannt ein paar Fragen. Und zwar nicht, weil man das soll bei einem Vorstellungsgespräch, sondern weil ich wirklich Fragen hatte, wie etwa: »Stimmt es, dass man im Jurastudium nur endlos auswendig lernen muss?« Oder: »Was war denn bisher Ihr spannendster Fall?«

Die Antwort auf die eine Frage war übrigens: »Klar muss man da viel lernen, aber das ist ja kein dumpfes, zusammenhangloses Pauken. Hinter allem, was wir da lernen, steht ja ein Sinn. Das hilft enorm dabei. Genauso wie die Tatsache, dass es in letzter Konsequenz immer um Gerechtigkeit und faires Zusammenleben geht.« Hörte sich gut an! Und Frau Gesslers spannendster Fall? »Kann ich gar nicht sagen. Ich find alle meine Fälle spannend.« Das hörte sich mindestens so gut an!

Zum Schluss schüttelte mir Rosinenschnecken-Gessler wieder die Hand und meinte: »Langweilen wirst du dich bei uns nicht, das kann ich garantieren! Wir freuen uns auf dich!« Und zack, war ich wieder raus und stolze Inhaberin eines Praktikumsplatzes. Ye-haa!! Klar, dass ich sofort Pia anrief, um ihr alles haarklein zu berichten. Und um mich für die Radikalkur zu bedanken, die sie mir im schwedischen Klamottenladen und im Kaufhaus verpasst hatte.

Man kann sich das Hochgefühl sicher vorstellen, mit dem ich nun durch die Straßen lief. Ich hatte einen Praktikumsplatz, ein neues Outfit und auch noch einen Supergrund, meine Mutter nach der Arbeit in ihrem Schönheitssalon abzuholen. So würde ich völlig unauffällig mit ihr nach Hause und ganz ohne eigenen Schlüssel in unsere Wohnung kommen.

Aber man soll sich ja nie zu früh freuen. Denn als ich an der nächsten Kreuzung um die Ecke bog, kamen sie mir auch schon entgegen: Nina, Michelle und Svea, das ultimative Tussentrio aus unserer Klasse. Sie gingen alle drei untergehakt, trugen jede Menge Tüten aus allerlei Läden – klar, für die ist Shoppen reine Routine – und sprachen laut über ihre Kostüme für die kommende Karnevalsfete. »Ich werde Piratenbraut! So eine Korsage ist genau mein Ding!« – »Und ich werde Marienkäfer! Das ist sooo süß, und Rot steht mir!« – »Ich geh als Burgfräulein, das passt zu meinen Haaren!« Sie bemerkten mich erst spät, offenbar weil ich so anders aussah.

Aber sie bemerkten mich. Und sie bauten sich in einem Tussenhalbkreis vor mir auf. »Wie siehst *du* denn aus?« – »Guckt mal, Annette ist *jetzt* schon kostümiert! Als Landfrau!« – »Biste unterwegs zur Fuchsjagd?«, und so weiter, kreisch, kreisch, kreisch … Ich wartete einfach wortlos ab, bis sie sich ausgekreischt hatten.

»Dann macht's mal gut«, sagte ich und ging einfach weiter. Ich hab inzwischen Erfahrung mit so was: einfach nicht reagieren. Und immerhin: Den Countrylook hatten sie wahrgenommen!

Trotzdem war meine Laune auf dem absteigenden Ast. Das konnten auch die Begeisterungsschreie meiner Mutter nicht mehr ändern, die sie bei meinem Anblick ausstieß. War ja schön, dass ihr die neuen Sachen und mein Make-up gefielen, aber musste sie darüber dermaßen austicken? Halloo! Ich hatte immerhin auch einen Praktikumsplatz, aber das war offenbar längst nicht so toll wie meine Streifenbluse und die Wimperntusche … Den Praktikumsplatz fand sie dann zwar auch gut, als ich endlich dazu kam, ihr davon zu erzählen, aber über die Prioritäten meiner Mutter kann man sich schon wundern.

Am Abend hockte ich in meinem schlabbrigsten Schlaf-T-Shirt wieder in meinem Sitzsack und grübelte. Die Rosen waren ein Stück aufgegangen und sahen noch prächtiger aus.

Auch entströmte den sich nun öffnenden Blüten ein wundervoller Duft. Sie wurden immer schöner. Aber ich? Ich war immer noch ich, da konnte auch Wimperntusche nicht helfen. Und meine war außerdem eh längst abgeduscht.

Und in der Rosenfrage war ich keinen Schritt weiter. Wer schenkt mir solche Rosen? Bin ich wirklich eine Rosen-geschenkt-kriege-Frau? Ich bin doch Annette, die Fette, die sich im Kleiderladen vorkommt wie Falschgeld. Annette, die sich ohne ihre energische Freundin Pia nie von einer Make-up-Lady im Kaufhaus hätte schminken lassen. Annette, die ohne ihren Papa wohl immer noch nicht bei der Anwaltskanzlei angerufen hätte. Annette, die Schlüsselvergesserin. Und natürlich Annette, der angesichts des Tussentrios gute Sprüche immer viel zu spät einfallen. Und am schlimmsten: Ich bin immer noch Annette, die in genau den Jungen verliebt ist, dem die wunderschöne Nina Herzen auf Klotüren malt.

Mitten in diesen schwarzen Gedanken fiel mein Blick auf die neuen Kleider, die über einem Stuhl lagen. Ich hatte im Hochgefühl des zugesagten Praktikumsplatzes überlegt, alles morgen zur Schule anzuziehen, aber das war jetzt vom Tisch. So niedergeschlagen, wie ich mich fühlte, musste ich mich morgen unbedingt in meinen großen, ollen Sachen verstecken. Und so blieb mir zum Abschluss dieses Tages nur noch eins: noch mal zum Poesiealbum von Pias Großmutter greifen und eine Runde Poesie-Roulette spielen. Augen zu, blättern, Augen auf. Mein Finger zeigte auf folgenden Spruch:

Rosen, Tulpen, Nelken,
alle Blumen welken.
Nur die eine nicht,
die heißt Vergissmeinnicht.

So ein Schwachsinn. Ich musste unbedingt aufhören, in diesem Poesiealbum zu lesen! Weg damit in die hinterste Ecke!

Aber zu spät. Denn als ich dann im Bett lag, ging mir der Schwachsinn nicht mehr aus dem Kopf: Vergissmeinnicht … blaue Blümlein … so blau wie … wie die Augen von Dominik. Ach … Und spätestens da konnte ich mich einfach nicht mehr wehren, sondern malte mir ganz hemmungslos aus, wie ich mit Dominik und dem Golden Retriever aus dem Park über eine Sommerwiese laufe und wir uns an den Händen fassen – ich und Dominik, nicht ich und der Hund – und dann im warmen Gras liegen und uns tief in die Augen sehen – äh, auch jetzt *nicht* der Hund , die ja bei ihm also Dominik so blau sind wie besagte Vergissmeinnicht … Kitschalarm, ich weiß, ich weiß … seufz. Aber eben auch *wunderschön*.

Am nächsten Morgen genoss ich zwei ganze Snooze-Phasen – dreimal darf man raten, woran ich dabei dachte – und ich begann mich zu wundern, warum meine Mutter mich noch nicht aus dem Bett gescheucht hatte. Als ich endlich aufgestanden war, wurde mir klar, warum. Sie war schon weg und hatte mir einen Zettel hingelegt: »Hallo Süße! Hab schon früh einen Termin im Salon. Gratuliere noch mal zum Praktikumsplatz! Bin stolz auf dich! Mama.« Das war ja mal nett zu lesen! Der Hammer kam dann ganz unten auf dem Zettel: »PS. Deine Kleider aus der Tüte hab ich in die Wäsche getan, die waren ja völlig verschlammt.« Ich erstarrte. Und hörte das rhythmische Summen unserer Waschmaschine. Neiiiiiiiiin!

Doch es war wie befürchtet: Alle im Haus befindliche dunkle Wäsche drehte sich bei 40 Grad im Fleckenprogramm. Und das bedeutete: alle meine Hosen. Und die Oberteile. Und meine Jacke. Das Einzige, was ich jetzt noch zum Anziehen hatte, waren die neuen Sachen!

Mal wieder Gelegenheit, meine Optionen durchzugehen.

A) Ich bleibe zu Hause und stelle mich krank, bis die Wäsche gewaschen und getrocknet ist. – Blöd, weil wir heute eine Mathearbeit schreiben und ich den Stoff gut draufhabe. Wer nachschreibt, kriegt immer viel schwierigere Aufgaben gestellt.
B) Ich lege mich vor die Waschmaschine und sterbe. – Das hätte ja schon gestern auf unserer Fußmatte nicht geklappt, warum also jetzt vor der Waschmaschine?
C) Ich gehe in den neuen Sachen zur Schule. – Nur, wie soll ich das nervlich durchstehen, die Blicke, die dummen Kommentare und so weiter und so weiter?

Ich zog A) ernsthaft in Erwägung. Aber dann dachte ich an die gut gelaunte Frau Gessler in ihrem Anwaltsbüro und beschloss, mich nicht von ein paar Kleidern in meiner schulischen und vielleicht sogar beruflichen Laufbahn behindern zu lassen.

Also radelte ich kurz darauf in meiner grün melierten Hose und dem hellbraunen Mantel durch den Park und war ganz schön stolz auf mich, weil ich so mutig war. Doch dann dachte ich plötzlich, ich bin im falschen Film, nämlich in »Und täglich grüßt das Murmeltier« – diese Story, wo ein Reporter immer wieder am selben Morgen zum selben Radiosong aufwacht und denselben beknackten Tag durchstehen muss. Denn genau wie gestern schoss ein struppiges, graubraunes Etwas aus dem Ententeich und sauste Millimeter vor meinem Fahrrad an mir vorbei. Vollbremsung, Hechtsprung und – klatsch – genau wie gestern lag ich nach einem Bogen über den Lenker auf dem Boden. Und wie in besagtem Film wiederholte sich auch das weitere Geschehen: Malte sprang dazu und versuchte, den Hund am Halsband zu packen, der struppige Mops-Terrier schlabberte mich ab, ich war total eingesaut…

Da endlich wiederholten sich die Ereignisse nicht mehr, denn ich brüllte: »Mann, halt doch endlich den Hund fest!«

Malte kriegte den Hund zu fassen und sah mich so entsetzt an, dass es mir sofort leid tat, so gebrüllt zu haben. Ganz erschrocken fragte er: »Hast du dir wehgetan? Alles o. k.?« Dabei half er mir aufstehen. Ich sah mich schon wieder nach Hause fahren, um da irgendwie meine Klamotten sauber zu kriegen. Doch während ich noch nach meinem Hausschlüssel tastete – er war da, ein Glück! –, meinte Malte: »Immerhin bist du nicht so dreckig wie gestern.«

Das stimmte. Denn erstens war der neue Mantel zufällig genauso braun wie die Flecken vom Hinfallen und zweitens war der Weg diesmal viel trockener. Ich konnte also wirklich den meisten Dreck abklopfen. Dabei musste ich fast lachen, denn Malte stand da, als wollte er mitklopfen, aus Schuldgefühl und Hilfsbereitschaft, aber gleichzeitig traute er sich nicht.

»Es geht schon, alles fast weg …«, beruhigte ich Malte. »Nur du musst echt was machen mit dem Hund. Leine oder Hundeschule oder so. – Guck, so sollte der sich benehmen!« Ich zeigte auf meinen Lieblingshund, den Golden Retriever, der mit seinem Frauchen gekommen war und nun ganz in der Nähe total brav und wohlerzogen Stöckchen holte.

Ich weiß nicht genau, wieso, aber ich bekam einen richtigen Schwärmanfall bei diesem Anblick: »Ist *das* nicht ein schöner Hund? Das Fell, wie das glänzt in der Sonne! Und guck, wie der auf Frauchen hört! Und da! Wie hoch der springen kann!«

Wieder schien sich der hübsche Hund vor meinen Augen in Dominik zu verwandeln, denn es rutschte mir heraus: »Und wie nett der ist zu seinen Mitschülern … äh, Mithunden!«

Der Golden Retriever war nämlich auf uns zugekommen und stand nun freundlich wedelnd vor Maltes nassem Wau-

wau. Der Vergleich war wirklich hart: Der Golden Retriever war so viel schöner als das graubraune Etwas von Maltes Nachbarn mit seiner platten Mopsnase und dem struppigen Terrierfell. Und Dominik vor meinem inneren Auge war tausendmal schöner als Malte hier am Ententeich …

Irgendwas von meinen Gedanken musste Malte gefühlt haben, denn er wirkte ganz niedergeschlagen. Er murmelte halblaut: »Immerhin hat der hier 'ne super feine Nase. Der kann Sachen seinem Besitzer zuordnen … Guck, hier, dein Rucksack, da weiß er, das ist deiner.« Malte ließ den Mops-Terrier an meinem Rucksack schnüffeln und sagte: »Such!«, und sofort sprang der Hund an mir hoch.

»Fein!«, sagte ich zum Mops-Terrier, aber so richtig warf mich das nicht vom Hocker. Denn da war der Golden Retriever wieder ganz in unserer Nähe und holte Stöckchen. Ich konnte mich einfach nicht sattsehen an ihm! Als ich mich schließlich umdrehte, war Malte mit seinem struppigen Hund gegangen. Einen winzigen Moment lang taten sie mir leid, weil ich ihnen gegenüber unaufmerksam und unhöflich gewesen war, doch dann war der Golden Retriever da. Ganz nah. Weniger als zwei Meter von mir entfernt. Ich rief ihn, er blieb stehen und schaute mich an. Mich! Ich sah in seine treuen, lieben Hundeaugen. Ich konnte nicht widerstehen und ging ein paar Schritte auf ihn zu. Er wedelte mit dem Schwanz und hechelte freundlich, aber er kam nicht näher. Ich ging vorsichtig noch ein Stück auf ihn zu und fast hätten meine Finger sein seidiges Fell berührt … Da ertönte der schrille Pfiff von seinem Frauchen. Und der Hund war wirklich total brav. Er lief sofort weg.

Schade. Richtig schade. Ich war so nah dran gewesen.

9. Kapitel

In der folgenden, super schnarchigen Erdkundestunde hing ich dem seltsamen Gefühl nach, das die Hundebegegnung in mir hinterlassen hatte. Hatte das alles eine symbolische Bedeutung? Also, dass sich nur der struppige, nasse Mischling für mich begeisterte, während der schöne Hund sich nicht mal streicheln ließ? Ich nahm mir vor, das in der Pause mit Pia zu besprechen, obwohl ich mir schon auch etwas blöd vorkam, so eine Vermutung anzustellen. Pia ist ja immer so realistisch und bodenständig und hält nichts von symbolischen Bedeutungen. Vor allem nicht im Zusammenhang mit dem Thema Dominik …

»Hey, das ist interessant! Vielleicht ist das ein Hunde-Orakel und es will dir sagen, die Dominik-Sache mal dranzugeben!« Pia grinste und nuckelte weiter an ihrem Kakaotütchen.

Ich war ein bisschen verletzt und konterte: »Nur weil ich zum Spaß mal im Poesiealbum nach Sprüchen gesucht hab, ist das doch jetzt noch lang kein Hunde-Orakel!« Ich merkte, dass ich *richtig* verletzt war, nicht nur ein bisschen. »Du willst mir immer nur hintenrum klarmachen, dass ich keine Chance hab bei Dominik«, motzte ich deshalb. »Tolle beste Freundin, echt!«

Für meine Verhältnisse total sauer stürmte ich davon. Ich war überzeugt, nicht weit zu kommen, weil Pia mich aufhalten würde, um sich wieder mit mir zu vertragen. Aber sie blieb einfach stehen. Nuckelte mit ernstem Gesicht an ihrem blöden Kakao und ließ mich einfach davonstürmen.

Jetzt war ich komplett verletzt. Und auch sauer und beschämt und alles durcheinander. Und ich musste mir dringend überlegen, wohin ich hier eigentlich stürmte. Ah, ins Sekretariat da vorne, super Idee! Ich werde meinen Praktikumsplatz offiziell anmelden, dachte ich. Die Frist lief zwar erst nächste Woche ab, aber ich konnte das genauso gut jetzt machen. Also öffnete ich entschlossen die Tür und erschreckte unsere Schulsekretärin beim Essen ihres Vollkornmüslis.

»Iff waff paffiert?«, mümmelte sie alarmiert.

Ich war so außer Puste, da dachte sie wohl, es sei ein Notfall. »Nein, äh, ich möchte nur meinen Praktikumsplatz anmelden.«

Die Sekretärin schluckte ihr Müsli hinunter. »Prima, dann trage hier Name, Anschrift und Telefonnummer des Betriebes ein und dort deinen Namen mit Geburtsdatum und Klasse.«

Sie gab mir eine Liste und einen Stift und ich gab mir Mühe, alles ordentlich auszufüllen. Die Sekretärin kaute inzwischen weiter laut ihr knuspriges Vollkornmüsli und schaute mir beim Schreiben zu. Ich war gerade fertig mit »Familienname: Borgmann, Vorname: Annette«, als die Sekretärin wieder mit vollem Mund sagte: »Ach, du bift Annette Borgmann! Hat er diff erreift, diefer … diefer Dominik?«

Zack, vor Schreck ging ein Strich durch die Zeile, in die ich gerade mein Geburtsdatum reinschrieb. Was hatte die da gesagt?? Ich starrte sie an.

»Na dieser Dominik aus der 9a«, wiederholte sie ungeduldig und mit nun leerem Mund, »der Mittelstufensprecher. Der war vor ein paar Tagen hier und wollte wissen, in welche

Klasse du gehst. Und wo euer Klassenzimmer ist. Der wollte dir was Wichtiges geben.«

In meinem Kopf ratterte es einen Moment. Und dann setzten sie ein, die Geigen. Laut und wunderbar. Dominik hat nach mir gefragt! Dominik wollte wissen, wo unser Klassenzimmer ist!! Dominik wollte mir was Wichtiges geben!!!

Die Rosen sind von Dominik!!!!

In meinem absoluten, höchsten Glück fiel mir die Sekretärin nur ganz am Rande auf, die mich ungeduldig ansah und ein paar Mal »Hallo!!« sagte. Ach so, die will eine Antwort! Worauf noch mal? Also fragte ich reichlich dämlich: »Was?«

»Ob dich dieser Dominik erreicht hat!« Frau Schulsekretärin wirkte in meinen Ohren unpassend genervt, also sagte ich schnell: »Ja, ja, alles prima, alles angekommen.« Damit war sie zufrieden, nahm mir den Zettel ab und gab ihn mir sofort seufzend zurück.

»Geburtsdatum, da rein! Manchmal hat man echt den Eindruck, ihr seid blind …«

Ich schrieb mein hoffentlich richtiges Geburtsdatum in die hoffentlich richtige Zeile. Kopfschüttelnd nahm die Sekretärin dann das Blatt und ich schwebte auf einer weichen Wolke des Glücks aus dem Raum. Wirklich, ich *schwebte!*

Direkt vor dem Sekretariat schwebte ich dann gegen einen menschlichen Körper, der mich schüttelte und dabei den Mund bewegte. Es dauerte eine Weile, bis ich kapierte, dass das Pia war und dass sie auf mich einredete. Und noch ein Weilchen später hörte ich auch, was sie sagte: »Mensch, Annette, sag doch was! Was hast du? Ist alles in Ordnung?«

»Ja, Pia. Alles ist in Ordnung«, säuselte ich, benommen vor Glück. »Alles ist richtig und gut. Die Welt ist wunderbar, das Leben ist großartig.«

Pia reichte es. Sie zerrte mich aufs Mädchenklo und wusch

mir dort in ihrer rigorosen Art das Gesicht. Das brachte mich so weit zurück ins Hier und Jetzt, dass ich ihr erzählen konnte, was gerade im Sekretariat passiert war.

Pia war angemessen sprachlos. Nämlich vollkommen sprachlos. Wirklich, sie hat so lange nicht gesprochen wie sicher noch nie in ihrem bisherigen Leben. Die Babyzeit, als sie noch nicht sprechen konnte, jetzt mal ausgenommen. Ich wurde nach einer Weile richtig unruhig: »Ey, jetzt sag doch mal was!«

Keine Antwort.

»Ich hoffe doch …«, begann ich zögernd, denn ich wusste nicht, ob ich das wirklich aussprechen sollte. Es war ja ein ziemlich wüster Verdacht. »Du bist doch nicht irgendwie neidisch oder so?«

Pia sah mich überrascht an. »Nein! Absolut nicht! Ich … ich gönn dir das total, ich muss das nur erst mal verdauen …«

»Und ich erst! – Sag, Pia, was soll ich jetzt machen? Soll ich einfach zu ihm gehen? Mich für die Rosen bedanken?«

»Nein!«, rief Pia, seltsam schrill. Was sollte das jetzt wieder? So bekloppt war der Vorschlag doch gar nicht. »Nein«, wiederholte Pia etwas leiser, »lass uns darüber in Ruhe nachdenken, du musst gut überlegen, was du als Nächstes tust.«

Das war mir ganz recht. Ich musste das alles auch erst mal verdauen, sacken lassen, wirklich kapieren. Und ich wollte dieses unglaubliche Glücksgefühl auch einfach mal nur genießen.

Der weitere Schultag verlief so, wie ich mir einen Trip mit furchtbar ungesunden, schrecklich abhängig machenden Drogen vorstelle: Ich schwebte über allem und alles war schön und gut und richtig. Das Sonnenlicht draußen war heller, die Farben im Klassenzimmer intensiver und die Stimmen meiner Lehrer und Mitschüler melodischer als jemals zuvor. Oder überhaupt zum ersten Mal melodisch. Selbst die Mathearbeit war eine wunderbare Erfahrung. Wie das alles klappte, wie einfach und leicht setzte ich Zeile um Zeile aufs Papier! Alles ging wie von selbst. Unvergleichlich … Irgendwann drang mal die Erinnerung durch, dass ich mit ungewöhnlichen, neuen Klamotten in die Schule gekommen war und mir Sorgen gemacht hatte, wie die anderen darauf reagieren würden. Ich wunderte mich, mir jemals solch unwichtige Gedanken gemacht zu haben. Das waren Sorgen aus einer anderen Welt. Aus einem anderen Leben, meinem Exleben. Aus dem Leben vor Dominik.

Ein bisschen wunderte mich allerdings auch der besorgte Gesichtsausdruck von Pia, mit dem sie mich die ganze Zeit quer durch die Klasse ansah. Aber selbst das konnte meine glückliche Grundstimmung nicht trüben. Ich war so happy, so eins mit dem Universum, so voller Liebe für alle und jeden, dass ich mich wirklich *freute,* auf dem Nachhauseweg Nina und ihren Co-Tussen Michelle und Svea zu begegnen. Das muss man sich mal vorstellen!

Ich hatte gerade mein Fahrrad aus dem wie immer überfüllten Fahrradschuppen geholt und mir diesmal kein bisschen das Schienbein gestoßen. Oder es nicht gemerkt. Und nun ging ich mit Pia Richtung Schultor. Die wollte unbedingt noch mit zu mir kommen, warum, weiß ich nicht mehr. Als wir aus dem Schultor kamen, stand dort Nina mit ihren Kumpaninnen.

»Hey Annette, gab's dein Dauergrinsen gratis zu den neuen Klamotten da?«, fragte Nina. Ich konnte nicht antworten, nur lächeln. Selbst tief empfundenes Glück macht offenbar nicht schlagfertig. Svea baute sich kaugummikauend vor mir auf und sah mich von oben bis unten an. »Also so was würde ich ja nicht anziehen, wenn ich's geschenkt bekäme …«

»Echt, du siehst aus wie so 'ne olle Tante von mir!«, prustete Michelle.

»Das muss ja eine Frau mit Stil sein«, sagte ich, weiter lächelnd, und stutzte im nächsten Moment. Machte Glück etwa doch schlagfertig?? Dabei wollte ich einfach nur freundlich sein! Die ganze Welt umarmen!

»Habt ihr Schwachverstandliesen eigentlich jemals ein anderes Thema als Klamotten?«, fragte Pia reichlich ruppig. Die drei kicherten. »Natürlich!« – »Jungs!« – »Und Party machen!« – »Aber damit kennt sich Annette, die Fette, ja nicht aus, hahahaa!« Extreme Heiterkeit im Tussentrio.

Wenn *die* wüssten, dachte ich. Wenn *du* wüsstest, Nina Obertusse, die du Herzen mit »Nina und Dominik« auf Klowände malst! Wenn ihr alle wüsstet, was genau dieser Dominik, der wunderbarste Junge der Welt, *mir* geschenkt hat! Aber ich würde natürlich jetzt in keinem Fall Dominik erwähnen, nur um es den blöden Liesen mal zu zeigen. Nein, für so einen banalen Zweck war das viel zu heilig.

»Kommt, Mädels, genug Zeit verschwendet!« Nina hakte Michelle und Svea unter. »Wir müssen noch unsere Outfits perfektionieren, für die Karnevalsfete. Die, zu der du ja eh nicht kommst«, meinte sie noch, und dann marschierten die drei los Richtung Innenstadt. Irgendwie regte sich in mir trotz meines grundlegenden Glücksgefühls etwas wie Unmut.

»Wer sagt das?«, rief ich hinter ihnen her. Sie drehten sich um und sahen mich überrascht an. Annette, die Fette, sagt was? Auch Pia war verblüfft. »Wer sagt, dass ich nicht zur Karnevalsfete komme?«, wiederholte ich mit einer so lauten und festen Stimme, dass ich selbst ganz erstaunt war.

»Na, wir sagen das«, entgegnete Svea dämlich, wofür sie von Nina einen Ellbogenrempler kassierte.

»Klar komm ich zur Karnevalsfete.« War das wirklich ich, die das sagte? Pias Gesicht leuchtete auf, denn sie versuchte seit Wochen, mich zur Karnevalsfete zu überreden. Die drei

Tussen waren noch einen schönen Moment lang platt, doch ihr Schweigen hielt nicht lange.

»Ach, und als was gehst du? Als umgedrehter Baum? Oben braun, unten grün?« Dies bezog sich offenbar auf meine neuen Kleider, brauner Mantel mit grün melierter Hose, und verursachte bei den Tussen neue Wellen des Frohsinns.

Während sich Nina, Michelle und Svea einen ablachten, überlegte ich ernsthaft, als was ich zur Karnevalsfete gehen könnte. Das letzte Mal hatte ich mich mit acht Jahren an Karneval verkleidet, und zwar als Schildkröte. Damals mochte ich die Idee, einen robusten Panzer zu haben. Doch was würde jetzt zu mir passen?

Mitten heraus aus meinem schönen, warmen Dominik-schenkt-mir-einen-Riesenstrauß-Freilandrosen-Glücksgefühl sagte ich laut und deutlich: »Als Rosenkönigin.«

Das Gelache verstummte. Alle starrten mich an. Auch Pia. Und dann brachen sie in völlig hysterisches Lachen aus. Nur Pia nicht. Die zog mich weg.

10. Kapitel

Rosenkönigin … Ich als Rosenkönigin …« Ich sah träumerisch vor mich hin. Pia und ich saßen inzwischen bei mir in den kuschligen Sitzsäcken. Ich war immer noch von einer Wolke aus warmem Glück umhüllt und betrachtete den Rosenstrauß zwischen uns. Der kam mir noch tausendmal schöner vor, jetzt, wo ich wusste, wer ihn ausgesucht und mir in der Schule auf den Tisch gelegt hatte. Wessen Hand ihn berührt hatte … Echt, wenn Pia nicht da gewesen wäre, hätte ich die Stängel beschnüffelt, die Blätter gestreichelt und die Blüten geküsst. Aber zum Glück hatte ich noch einen Rest Schamgefühl und beschränkte mich darauf, die Blumen anzusehen.

Pia hatte sich offenbar von dem freudigen Schreck erholt, dass ich als Rosenkönigin zur Karnevalsfete wollte. Sie sah mich an und ihre Augen leuchteten. »Hey, wie wär's, wenn wir beide als Rosenköniginnen gehen? Ich wollte immer schon mal so ein totales Girlie-Kostüm haben, mit langem Reifrock, schulterfreiem Korsagenkleid, Hochsteckfrisur und allem!«

Ich muss wohl bei diesen konkreten Worten zum Thema Rosenköniginnen-Kostüm etwas seltsam geguckt haben, denn Pias Begeisterungssturm verebbte und sie sah mich besorgt an. »Oder fändest du das Nachäfferei? Willst du allein Rosenkönigin sein?«

»Nein, auf keinen Fall!«, platzte es aus mir heraus. »Das ist so extrem, da brauche ich meine beste Freundin *unbedingt!*«

In der Tat kriegte ich mitten in meiner Glückswolke Fracksausen. Oder muss man in diesem Fall sagen: Korsagensausen? Ich im bodenlangen Kleid, schulterfrei?? Help! Pia lachte erleichtert, sprang auf – o. k., wühlte sich mühsam aus dem Sitzsack – und holte Papier und Stifte. »Guck mal, wenn du ein rotes und ich ein weißes …«

»Warte mal, lass uns lieber nachdenken, was ich als Nächstes tun soll wegen Dominik!«

Pia legte die Stifte beiseite und sagte: »Ähm, ja …«

Ich sah sie erwartungsvoll an. »Ja was? Nun sag schon, was soll ich machen?? Morgen in der großen Pause zu ihm gehen?«

»Tja, also … Vielleicht am besten gar nichts.«

»Hä?«

»Ja, weil du hast ja auch die letzten beiden Tage nichts gemacht. Da ist es etwas komisch, wenn du plötzlich angerannt kommst.« Da hatte sie recht, daran hatte ich noch gar nicht gedacht. »Am besten, du wartest, dass *er* was macht.« Diese Aussicht gefiel mir gar nicht, ich zog eine Schnute. Pia beeilte sich hinzuzufügen: »Er ist garantiert auch schüchtern, sonst hätte er ja 'ne Karte dazugelegt.« Da hatte sie wieder recht. »Lass ihm Zeit. Echt, das ist am besten. – Und jetzt lass uns die Kostüme planen! Wir haben nur zehn Tage bis zur Fete! Und wir wollen doch, dass alle aus den Socken kippen! Die Tussen, alle anderen und Dominik!« Da hatte sie ja nun vollkommen recht.

Den Rest des Nachmittags zeichneten und kritzelten wir und planten und verwarfen und kicherten und kreischten. Fühlt sich so ein Leben als Tusse an? Also wenn ja, ist es durchaus lustig!

Später beim Abendessen fiel meiner Mutter natürlich auf, dass irgendwas anders war mit mir. Aber zu meiner Überraschung fragte sie gar nicht, was los ist. Fast war ich enttäuscht. Ich hätte ihr vielleicht sogar von Dominik erzählt! Ehrlich gesagt, hätte ich total gerne von Dominik erzählt. Aber von selbst wusste ich nicht, wie ich damit anfangen sollte. Stattdessen erzählte ich von der Karnevalsfete: »Pia und ich gehen als Rosenköniginnen zur Karnevalsfete.

An sich ein harmloser Satz, aber meine Mutter bekam fast einen Herzinfarkt vor Freude. »Mein kleines Mädchen als Rosenkönigin? Was für eine fabelhafte Idee!« Sofort rannte sie herum wie ein hektischer Hamster, holte die Dekokisten für ihr Schönheitssalon-Schaufenster von den Schränken und wühlte so lange drin herum, bis eine Menge Stoffrosen in allen Farben und Größen, dazu Krönchen, Stöckelschuhe und, und, und über unseren Esstisch quollen. Dazu redete meine Mutter ohne Punkt und Komma: »Die Kleider könnt ihr euch leihen. Meine Kundin Frau Köhler, die hat ein Brautgeschäft und verleiht auch Abendkleider, ich krieg bestimmt einen günstigen Preis, Weinrot würde dir fabelhaft stehen und dazu dann diese Rosen hier und diese Stola und …« Ungefähr an dieser Stelle schaltete ich meine Ohren auf Durchzug, denn langsam kriegte ich ernsthaft Schiss vor dem ganzen Projekt …

Als ich später im Bett lag, bekam ich diese Rosen, Rüschen und Krönchen nicht mehr aus dem Kopf. Das war doch nicht ich! Das war absurd! Grün melierte Hose und neue Bluse, o.k. … Aber Krönchen und Korsagenkleid?? Das ging zu weit. Dazu muss man wissen, dass ich nie eine Barbiephase hatte. Dabei hatte ich Barbies, klar, von meiner Mutter geschenkt, aber ich fand höchstens deren seltsame Kniegelenke interessant. Ich habe auch nie kleinen Ponys das Plastikhaar gekämmt oder bin im Feenkostüm rumgelaufen. Und plötzlich sollte ich mit Hochsteckfrisur und Krönchen auf unsere Karnevalsfete gehen??

Andererseits… Mein Blick fiel auf den Rosenstrauß, dessen dunkelrote Blüten inzwischen handtellergroß aufgegangen waren. Mir wurde ganz warm ums Herz. Das sind *meine* Rosen. Die habe *ich* geschenkt bekommen, vom wunderbarsten Jungen der ganzen Schule. Der ganzen Welt. Ich holte tief Luft. Alles hatte seine Richtigkeit. Ich war eine Königin. Eine Rosenkönigin. Und mit diesem Gedanken schlief ich ein.

Mein grundsätzliches Glücksgefühl hielt auch noch am nächsten Morgen an, und so beschloss ich, entgegen Pias Rat, in der großen Pause doch mal nach Dominik Ausschau zu halten. Das war ein so aufregender, aber schöner Plan, dass ich mindestens mit doppelt so viel Elan wie sonst durch den Park zur Schule radelte. Wieder war ein sonniger Vorfrühlingsmorgen. Und wieder war Malte mit dem struppigen Hund unterwegs. In meiner warmen Wolke von Glück verspürte ich einen Tick schlechtes Gewissen, dass ich die beiden gestern so angefaucht hatte, also hielt ich an und quatschte ein bisschen mit Malte über den Hund, der wie immer völlig begeistert an mir hochsprang.

»Der ist schon süß«, sagte ich wohlwollend und Malte freute sich sichtlich.

»Und der kann auch Stöckchen holen, sogar aus dem Wasser!« Malte warf Stöckchen, der muntere Mops-Terrier flitzte. Doch dann kam der Golden Retriever. Und wie immer konnte ich meine Augen nicht von dem schönen Hund wenden, wie *der* Stöckchen holte und herumlief und sprang und auf ein Wort seines Frauchens »Sitz!« machte. Ich wandte mich ganz arglos an Malte: »Guck doch nur!« Doch Malte war weg. Zusammen mit seinem struppigen Nachbarshund. Was sollte das jetzt?

In der Schule reckte ich die ganze Zeit den Hals: im Fahrradschuppen, auf dem Hof, im Treppenhaus, ob ich Dominik irgendwo sehen könnte. Mein Herz klopfte wie wild. Aber ich war fest entschlossen, ihn heute anzusprechen. Ich würde einfach zu ihm gehen und »Danke« sagen. Er würde dann schon wissen, was ich meinte. Und dann konnte er reagieren, wenn er mochte, oder er konnte weiter schüchtern sein. Was auch total süß wäre. Dominik durfte ja auf keinen Fall denken, ich wäre nicht interessiert! Aber wie so oft war Dominik nirgendwo zu sehen. Als Mittelstufensprecher hatte er vor und nach dem Unterricht und in den Pausen oft zu tun, Besprechungen mit Lehrern, mit den anderen aus der Schülervertretung, alles Mögliche… Es würde nicht einfach sein, ihm zu begegnen.

Oh. Es würde sogar unmöglich sein, ihm zu begegnen, jedenfalls die nächsten Tage. Ich stand mit Pia am Vertretungsplan, um zu gucken, ob wir heute nun Bio hatten oder nicht, als ich Dominiks Namen sah. Er sprang mir geradezu entgegen aus einer Liste mit Teilnehmern an einem Schachturnier in Recklinghausen.

»Pia, guck mal da!« Pia las und bei mir überschlugen sich unterdessen genau gleichzeitig drei Gefühle:

1. Ich war wahnsinnig enttäuscht, weil ich Dominik nun erst am kommenden Montag würde sehen können.
2. Ich war total erleichtert, dass ich noch etwas Aufschub bekam bei dieser aufregenden Sache.
3. Ich war unglaublich stolz, dass mein Dominik so cool war und an einem überregionalen Schachturnier teilnahm.

»Ich glaub, ich sollte auch mit Schachspielen anfangen«, meinte ich zu Pia, auch wenn das bisher absolut nicht mein Ding gewesen war. »Meinst du, bis Montag hab ich das drauf und kann mit Dominik drüber quatschen? Wäre sicher ein gutes Thema, so zum Anfang.«

Aber Pia meinte nur: »Am Montag kannst du Dominik auch nicht sprechen, da ist Schülervertretungskonferenz. Sondersitzung wegen der Neugestaltung des Schulhofs. So was geht immer den ganzen Tag.« Pia legte tröstend den Arm um mich. »Aber mach dir nichts draus. Wir haben so viel zu tun für das Rosenköniginnenkostüm, da wird's uns auf keinen Fall langweilig. Nicht am Wochenende und nicht am Montag, denn wir müssen ... – Äh, hast du irgendwas?«

Pia sah mich komisch an. Kein Wunder, denn ich muss sie mit Riesenaugen angestarrt haben. Ich konnte nicht sprechen, nur keuchen: »Schülervertretungskonferenz! – Neugestaltung des Schulhofs! – Das ist *die* Idee! Da muss ich hin! Ich kann Dominik treffen und irgendwann ganz locker ansprechen, in 'ner Kaffeepause oder so! Ich hab doch diesen Antrag gestellt, von wegen größerem Fahrradschuppen, ich darf dahin! Ich *muss* dahin! Danke, danke, danke!«

Ich küsste Pia und ließ sie dann stehen, denn ich hatte so einen Freuden- und Energieflash, dass ich zwei Runden um den Schulhof rennen musste. Der hatte eine Neugestaltung auch bitter nötig, denn ich hätte mich in den vielen tiefen Schlaglöchern im alten Asphalt ein paar Mal fast auf die Nase gelegt. Irgendwo am Rande kriegte ich unser Tussentrio um Nina mit, das sich über mich amüsierte. Aber was war mir das egal!! Am Montag treffe ich Dominik! Ye-haaaaaaaaaaa!

11. Kapitel

Als ich nach meinem Freudensprint wieder in unser Klassenzimmer kam, hatte Pia einen üblen Dämpfer für mich parat: »Die SV-Konferenz ist nur für SV-Mitglieder, also für die Klassensprecher und ihre Vertreter.« Und ich war ja nun weder das eine noch das andere. Mein Herz sank. Was sollte ich tun? Ich konnte nur eins denken: Ich muss dahin, ich muss dahin, ich muss dahin! Also rannte ich ins Sekretariat und erzählte der Schulsekretärin dort mit einem Feuereifer, der mich selbst überraschte, von meinem Antrag für den größeren Fahrradschuppen und dass ich deswegen unbedingt an der SV-Konferenz teilnehmen muss. Die Sekretärin guckte mich an, als hätte sie Schiss vor mir.

»Aber daf kannft du doch«, mümmelte sie wie immer mit vollem Vollkornmüsli-Mund. »Nach der fechften Ftunde können alle, die Anträge eingereift haben, tfur öffentliffen Debatte kommen.« Ich war so glücklich, dass ich die Sekretärin spontan umarmte. Dabei stieß ich leider ihr Müslischüsselchen um. Schnell und ziemlich halbherzig half ich ihr, die »Fauerei« irgendwie aufzuwischen, dann rannte ich wieder aus dem Raum. Hinter mir hörte ich noch das ärgerliche Murmeln der Sekretärin: »Die werden auch immer bekloppter …«

Mein Glück war also wieder perfekt. Übers Wochenende wunderte ich mich jedoch ein paar Mal, warum Pia so komisch drauf war. Wahrscheinlich lief es nicht gut mit Ole, dachte ich mir. Und sie will nicht drüber reden. Denn immer, wenn ich das Thema ansprach, lenkte Pia ab.

Ich dagegen war die ganze Zeit happy, happy, happy. Und wahnsinnig beschäftigt. Zum Beispiel recherchierte ich stundenlang im Internet über das Thema »Schulhofsanierung«, denn ich wollte am Montag in der SV-Konferenz ja nicht wie Lieschen Blöd dastehen. Klar, mein Hauptziel war natürlich, Dominik zu sehen und anzusprechen, aber offiziell und für die anderen war ich da als die, die einen größeren Fahrradschuppen fordert. Ich fand tolle Sachen im Internet, zum Beispiel den Begriff »Umwidmung von öffentlichen Mitteln«. Hört sich super an und bedeutet, dass Geld, das schon für irgendwas bewilligt wurde, dann doch für was anderes verwendet wird. Konkret: statt auf dem Schulhof dämliche Beete mit Knallerbsen anzulegen, lieber einen größeren Fahrradschuppen hinstellen. Als ich Pia von diesem Ausdruck vorschwärmte, hielt sie mich endgültig für durchgeknallt. Ich aber war kaum noch zu bremsen und hatte bereits ein paar Firmen samt Telefonnummern notiert, die so was bauen wie Fahrradschuppen. Auch meine Mutter konnte mit meinem Planungseifer nichts anfangen und tauschte mit Pia besorgte Blicke.

»Vielleicht sollte sie wirklich Jura studieren«, meinte sie.

»Ja«, nickte Pia, »da kann sie den ganzen Tag mit solchen Begriffen um sich werfen wie ›Umwidmung von öffentlichen Mitteln‹.« Ein interessanter Gedanke!

Als Kontrastprogramm hatten Pia und ich um vier Uhr am Samstagnachmittag einen Termin im Braut- und Abendmodengeschäft von Frau Köhler, der Kundin meiner Mutter. Noch am selben Abend, an dem ich ihr von unseren Rosenköniginnen-Kostümen erzählt hatte, hatte meine Mutter diesen Anprobetermin klargemacht. Also der Eifer, mit dem sie mich endlich ausstaffieren wollte, war schon ein bisschen beängstigend. Sie selbst konnte nicht mitkommen, was sie sehr schade und ich sehr gut fand. Denn das war so schon alles aufregend genug, da brauchte ich nicht auch noch eine Mutter, die um mich rumrennt und spitze Schreie ausstößt. Gegen die Schüchternheit war ja Pia dabei, was sollte da schon schiefgehen!

Dann standen wir aber doch ziemlich bedröppelt vor dem großen Laden mit den Braut- und Abendkleidern im Schaufenster und kamen uns gegen diese Bräute und Damen reichlich klein und schmuddelig vor. Wie sieht das denn aus, wenn wir da jetzt reingehen! Plötzlich schien es, als würden uns alle Passanten anglotzen, wie wir zwei Teenies da kichernd vor dem Brautgeschäft standen. Dämlich!

»Oh nein, da kommen die Tussen!«, rief ich, und das war der Auslöser. Pia schnappte blitzschnell nach dem Türgriff des Ladens. Aber die Tür war zu.

»Wir müssen weg, die drei dürfen uns hier echt nicht entdecken!«, keuchte sie und rüttelte am Türgriff. Schön zu sehen, dass auch Pia nicht immer cool war.

»He, ganz locker, die kommen gar nicht.« Pia starrte mich an. »Ich hab das nur gesagt, damit du endlich die Tür aufmachst!« Pia gab mir einen freundschaftlichen Schubs, der aber auch eine kleine Idee ruppig war. Und während wir da noch herumrangelten, ging die Tür plötzlich von innen auf und eine elegante Dame von unbestimmbarem hohem Alter schaute heraus.

»Annette und Pia?« Wir nickten wie scheue Kaninchen vor einer eleganten Schlange. »Dann mal herein mit euch«, sagte die Dame lächelnd. Und so betraten wir ein Geschäft für Braut- und Abendmoden. Auweiaweiaweia!

Und es war wirklich alles sehr krass da drin. Ein großer ovaler Raum mit goldenem Stuck an der Decke, ein samtiger dunkelroter Teppich, die Wände fast alle verspiegelt, dazu ein langer, hoher Kleiderständer auf Rollen, an dem unglaublich voluminöse, weiße Gebilde aus Rüschen, Spitzen, Schleiern und Schleppen hingen. Aschenputtels Traum aus Stoff. Oder eher ein Albtraum? Mein Blick erhaschte ein Preisschild: 2999 Euro. Umkipp!

Frau Köhler lächelte uns nett an. »Wir haben offiziell schon geschlossen, darum war die Tür zu. Möchtet ihr einen Kaffee?« Sie sagte schick: »Kaff*ee*«, Betonung auf »ee«.

Pia und ich sahen uns an. Klar, wenn das dazu gehört! »Äh, ja, gerne … Äh, danke …«, stammelten wir reichlich angespannt.

Frau Köhler blieb ganz locker. »Legt eure Jacken und Taschen ab und dann wollen wir mal sehen!« Beim Hinausgehen schob sie den riesigen Kleiderständer auf lautlosen Rollen mit sich hinweg. So standen also Pia und ich in dieser schlossartigen Schnörkelumgebung und guckten in den Spiegel. Darin wirkten wir reichlich mickrig, blass und unscheinbar. Vor allem ich, denn ich bin ja die mit den haferbreifarbenen Haaren und nicht mit den dunkel glänzenden wie Pia …

Doch bevor ich darüber seufzen konnte, kam Frau Köhler zurück und stellte ein Tablett mit Kaff*ee* auf ein goldenes Tischchen. Wir nippten. Heiß und stark. Zum Glück krieg ich von Kaffee kein Herzklopfen! Das hatte ich nämlich schon so genug. Dann rollte Frau Köhler einen anderen Kleiderständer herein. Daran hingen Kleider in allen Farben des Regenbogens. Wir müssen echt große Augen gemacht haben, denn Frau Köhler lachte. »Jetzt mal keine Angst! Die Sachen beißen nicht. Und wenn etwas nicht gleich passt, wir können alles ändern lassen.«

»Aber die kosten nicht 3000 Euro, oder?«, platzte ich heraus.

»Nein«, meinte Frau Köhler, »die kosten nur eine Leihgebühr und da hab ich mich mit deiner Mutter schon geeinigt. Macht euch mal keine Sorgen.«

»Wahnsinn«, entfuhr es Pia, die nun wagte, eines der Kleider zu berühren. Es raschelte leise, aber vielversprechend.

Ab da wurde es dann richtig unreal. Frau Köhler legte Pia und mir je ein Kleid in die Arme, wir trugen es, wie der Bräutigam seine Braut über die Schwelle, in einen Nebenraum. Dort führte Frau Köhler uns in je eine Umkleidekabine. Aber kein Vergleich zu dem Kabuff in der schwedischen Klamottenkette! Die »Kabine« war hier so groß wie ein Zimmer, ebenfalls mit weichem rotem Teppich ausgelegt, und das Licht war angenehm und schmeichelhaft. Ich wühlte mich aus Jeans und T-Shirt, vermied den Anblick meines bleichen Körpers im Spiegel und dann … dann stieg ich vorsichtig in das erste Kleid. Ups. Falsch. Ich musste es über den Kopf ziehen. Oder? Auf halber Strecke brach Panik aus und so war es gut, dass Frau Köhler mir zu Hilfe kam, denn ich steckte wirklich fest in einer Masse aus Futterstoff, Haken und Reißverschlüssen. Ratsch, mit professionellem Griff schloss Frau Köhler das Kleid, steckte mir Schuhe mit Absätzen an meine Füße und zog mich aus der Kabine vor den großen Spiegel im ovalen Raum. Dort stand schon eine junge Frau, die ich nicht kannte. Sie trug ein cremeweißes Kleid, starrte sich verblüfft an und sagte: »Ja leck mich mal, das sieht ja gut aus!«

Aha, das war Pia!

»Oh, sorry …« Sie sah nun entschuldigend zu Frau Köhler, die aber nur mild lächelte. Und dann guckte auch ich in den Spiegel.

Die junge Dame, die mich daraus ansah, guckte wie ein erschrockenes Huhn mit dicker Brille. Aber ansonsten sah sie toll aus. Die Farbe des Kleides, ein sattes Weinrot, ließ sie gar nicht blass aussehen, obwohl ihre Haut sehr hell war. Ihre Haare waren blond, nicht haferbreifarben, nein, richtig blond, wie leckeres Sahnekaramell. Frau Köhler hielt ihr die Haare am Hinterkopf hoch, sodass Nacken und Hals frei waren. Über den kräftigen, aber schön runden Schultern sahen Nacken und Hals ganz zart aus und waren von einigen herabrieselnden Haarsträhnen umspielt. Dann hatte die junge Dame einen netten Busen, weder zu groß noch zu klein, genau richtig und gut verpackt in der mattglänzenden, festen, aber nicht zu engen Korsage des roten Kleides. Darunter gab's sogar eine richtige Taille und der Dame dicker Po hatte allen Platz der Welt in dem weit fallenden, bodenlangen Rock. Jemand legte ihr einen Finger unters Kinn und klappte ihren Mund zu. Pia.

»Na, du bist ja ein Babe!«, meinte sie grinsend, wobei sie »Babe« so richtig kaugummikauend-amerikanisch aussprach. Wir sahen beide in den Spiegel und brachen in ziemlich hysterisches Lachen aus. Frau Köhler seufzte, aber nicht unfreundlich.

Und dann hatten wir noch ein paar Stunden lang totalen Spaß. Wir probierten Kleider in Grün und Kupfer, in Gold und Beige, in Schwarz und Rosa, in Blau und Gelb. Schmale, lange, kurze, enge, mit und ohne Träger. Frau Köhler war der Wahnsinn und bediente und betüddelte uns von vorne bis hinten. Ich glaube, sie hatte selbst am meisten Spaß dabei. Und ganz am Ende mussten wir zugeben, dass sie ihr Handwerk wirklich verstand. Denn die beiden Kleider, die sie uns ganz am Anfang ausgesucht hatte, waren mit Abstand die besten. Es musste nur minimal etwas abgesteckt und geändert werden.

»Die Kleider sind nächste Woche fertig«, sagte Frau Köhler und lächelte uns noch mal zu. »Ich melde mich dann.«

Pia und ich waren noch ganz high, als wir um halb sieben wieder in unseren Alltagsklamotten auf der nasskalten, dunklen Straße standen. Fröstelnd und plötzlich mit Bärenhunger. Bei einem ungesunden, aber köstlichen Hamburger mit Pommes gingen wir das Abenteuer noch mal durch.

»Ist ja schon extrem, was für 'ne Wirkung so Kleider haben, also so Äußerlichkeiten. Plötzlich ist man ein ganz anderer Mensch«, sinnierte ich mit einem tiefen Blick in meine Cola.

»Jetzt mach hier mal nicht den Malte«, warnte mich Pia.

»Hä?«

»Klopf keine kritischen Sprüche!«, präzisierte sie. Ich war überrascht. Ich rede wie Malte? »Hier geht es um Karneval«, meinte Pia, »und Karneval ist Spaß. Und Spaß brauchen wir Menschen, seit Tausenden von Jahren!« Da hatte sie auch wieder recht.

Später am Abend hockte ich dann ungewöhnlich friedlich mit meiner Mutter vor dem Fernseher und wir guckten eine hirnlose, aber spaßige Show. Zu meiner Überraschung fragte sie gar nicht, wie es beim Kleideranprobieren gelaufen war. Wahrscheinlich hatte sie längst mit Frau Köhler telefoniert und wusste nun genau Bescheid über mein Dekolleté, meine Taillenweite und meine Körbchengröße ... Was soll's. Hauptsache, sie hielt die Klappe und moserte nicht, als ich mir zwischendurch noch ein Butterbrot machte.

12. Kapitel

Am nächsten Tag war Sonntag und ich genoss es, lange zu schlafen und dann beim Aufwachen endlos von Dominik tagzuträumen. Ich malte mir aus, wie wir im Park spazieren gehen … uns dabei an den Händen halten … wie dann der Golden Retriever auf uns zu läuft … sich streicheln lässt und mit uns spielt … wie Dominik und ich uns später auf einer Bank tief in die Augen sehen … und, und, und.

Als ich endlich aufstand, war es schon fast Mittag. Meine Mutter war schon lange weg, sonntags hatte sie immer ihr langes Schönheits- und Fitnessprogramm mit Saunabesuch, 1000-Meter-Schwimmen, danach mit Freundinnen Entschlackungstee trinken und was weiß ich nicht alles. Also hatte ich meine Ruhe und konnte es mir gemütlich machen, bis ich um zwei zu unserem regelmäßigen Jeden-zweiten-Sonntag-Mittagessen mit meinem Vater verabredet war. Und als ich da so gemütlich allein zu Hause rumhing, hab ich mal heimlich Lidschatten und Wimperntusche meiner Mutter ausprobiert. Ich versuchte, es so hinzukriegen wie die Make-up-Lady im Kaufhaus. Das gelang nicht 100 Prozent, sah aber trotzdem ganz gut aus. Meine Mutter hatte eine unglaubliche Menge an verschiedenen Farben und Pinselchen. So betonte ich das Oberlid mit ein bisschen Hellbraun in der Mitte und Mittelbraun am äußeren Rand und dazu gab's Wimperntusche in

Dunkelbraun. Passte erstaunlich gut zu meinen blauen Augen und machte sich auch gut hinter der dicken Brille. Um es auf die Spitze zu treiben, zog ich meine neuen Sachen an und machte mich dann, inzwischen schon ganz schön nervös, auf den Weg in die Pizzeria.

Also von Kaffee krieg ich ja kein Herzklopfen, aber offenbar von Schminke. Ich fühlte mich, als ob mich alle im Restaurant anstarren und gleich »Guck mal, die ist angemalt!« brüllen würden. Aber nichts passierte. Dann stand ich unsicher vor meinem Vater, der freudig die Zeitung zur Seite legte, um mich zu begrüßen und zu umarmen.

»Hey Annettekind, gut siehst du aus!«

Meinte er meinen neuen Look? Anderseits hatte er dasselbe gesagt, als ich letztens total nass geregnet bei ihm im Laden aufgetaucht war.

»Und herzlichen Glückwunsch!«

Zu den Rosen von Dominik?, fragte ich mich irritiert. Woher weiß er davon? Ich geriet völlig aus dem Konzept und hätte mich fast neben den Stuhl gesetzt. Ein Kellner grinste, als er das sah. Aber nicht unfreundlich. Mehr ein Lächeln als ein Grinsen.

»Äh, Glückwunsch zu was?«, fragte ich meinen Vater.

»Na, zum Praktikumsplatz!«

Ach so.

Wir bekamen die Karte, suchten aus, bestellten und ich wartete die ganze Zeit, dass mein Vater was zu meinem neuen Aussehen sagen würde. Schließlich hielt ich es nicht mehr aus.

»Sag mal, fällt dir nichts auf?«

Mein Vater war völlig überrascht. »Auffallen? Was soll mir auffallen?«

»Na, an mir soll dir was auffallen!«

Jetzt inspizierte mein Vater mich genau, wobei er erst etwas gestresst und dann richtig hilflos wirkte. »Tja, also … hast du die Haare anders?«, fragte er schließlich.

Es stimmte also, was ich schon oft gehört hatte. Männer merken nicht, wenn man sich schön gemacht hat. Ich hatte Mitleid mit ihm und zeigte ihm die neuen Kleider und das Augen-Make-up. Eifrig bestätigte er: »Ja, jetzt seh ich's auch! Schön! Steht dir gut!« Und ich ließ mir entspannt meine Spaghetti bolognese schmecken. Ohne Serviette als Lätzchen, denn mein Vater merkt auch garantiert keine Soßenflecken.

Seltsam war allerdings, dass dieser Kellner immer zu mir hinguckte. Irgendwie war das spannend, und so hatte ich Schwierigkeiten, meinem Vater zuzuhören.

»Wie viel möchtest du denn? 200 Gramm? 400 Gramm? Eher helle oder lieber dunkle?«

»Äh, dunkle was?«

»Na, Pralinen aus Belgien!«

»Belgien?«

Mein Vater seufzte. »Hab ich doch grade erzählt, ich fahr nächste Woche nach Belgien, zur Antiquitätenmesse.«

»Ach so, klar, ja, Pralinen sind super, gern 400 Gramm, danke!« Ich riss mich zusammen und guckte nicht länger, ob der Kellner guckte. Trotzdem ging mir das weiter im Kopf herum: Hat der früher schon so geguckt und mir ist das nur nie aufgefallen? Will er nur plump den Umsatz steigern und guckt alle weiblichen Gäste so an? Oder sehen manche Männer eben doch, wenn man sich schön gemacht hat??

Fragen über Fragen, die ich am Nachmittag unbedingt mit Pia besprechen wollte. Außerdem wollte ich mit ihr zusammen ein Strategiepapier erstellen. Diesen Ausdruck hatte ich auch bei der Recherche zum Thema Schulhofsanierung gefunden. Ein Strategiepapier darüber, wie ich morgen bei der SV-Konferenz vorgehen sollte, also zum Thema Dominik, nicht zum Thema Fahrradschuppen. Obwohl auch dafür ein Strategiepapier nützlich wäre … Auweia, ich dachte schon wieder wie eine Juristin!

Aber später dann druckste Pia ganz komisch rum am Telefon und laberte was von wegen keine Zeit und so … Pia ist keine gute Lügnerin und ich merkte sofort, dass sie mich nicht treffen wollte. Warum nicht? War da wieder dieser Ole im Spiel? Da durfte ich nicht schmollen, schließlich nahm ja auch Dominik in meiner Freundschaft zu Pia zurzeit einen ziemlich großen Platz ein. Ich bohrte also nicht groß nach und richtete mich darauf ein, den Rest des Tages mit meiner nun doch wachsenden Aufgeregtheit allein zu sein.

Umso überraschter war ich, als meine Mutter ein paar Stunden früher als normal von ihrem selbstquälerischen Sportprogramm zurückkam. Sie murmelte was von »grauenhaften Kopfschmerzen«, warf sich erst mal zwei Tabletten ein und rollte sich auf dem Sofa in eine Decke. Ich war ihr gegenüber ungewöhnlich milde gestimmt und machte ihr einen Tee, denn von Kaffee kriegt sie ja Herzklopfen. Mir machte ich einen Kaffee, denn von Tee kriege ich Brechreiz.

Nachdem wir dann eine Weile auf dem Sofa gelümmelt und Teechen und Käffchen getrunken hatten, ging es ihr besser und ich erwartete jeden Moment den Spruch: »Kind, was trinkst du denn da Kaffee, davon bekommst du doch Herzklopfen«, aber das kam nicht. Das war so ungewöhnlich, dass es mich ganz nervös machte, und so hielt ich die Kaffeetasse extra in ihr Sichtfeld und schlürfte laut und da – starrte sie mich an.

»Kind, was …«, begann sie.

»Ich krieg kein Herzklopfen von Kaffee«, sagte ich schnell. Aber sie starrte mich weiter an und meinte dann: »Du hast dich ja zurechtgemacht!«

Oh Scheiße! Ich hatte vergessen mich abzuschminken! Was kam jetzt? Spitze Schreie der Begeisterung nach dem Motto »Endlich!«? Ein strenger Blick und dann harsche Kritik an meiner Schminkkunst? Eine Standpauke, weil ich ungefragt an ihre Sachen gegangen war? Nö. Nix von alledem. Stattdessen sagte sie nur: »Sieht gut aus.« Das freute mich ja nun doch. Zu meiner eigenen Überraschung so sehr, dass ich schon wieder Herzklopfen bekam. Ob vom Kaffee oder von der Schminke oder der Aussage meiner Mutter war schwer zu sagen.

»Meinst du, ich sollte das öfter machen?«

Meine Mutter sah mich lange an, seufzte dann tief und kuschelte sich noch etwas enger in die Decke. »Also, als Inhaberin eines Schönheitssalons müsste ich jetzt natürlich sagen: ›Klar, und nicht nur öfter, du solltest das immer machen! Morgens, mittags, abends, nachts!‹« Dann starrte sie seltsam ins Leere. »Aber in letzter Zeit frag ich mich, ob man's mit dem ganzen Zurechtmachen nicht auch übertreiben kann.«

Mir fiel fast der Kaffee vom Mund zurück in die Tasse, so baff war ich. So ein Spruch von meiner Mutter? Die sogar bei meiner Geburt perfekt geschminkt war, davon habe ich Beweisfotos: Ich selbst bin eine halbe Minute alt, rot, zerknautscht und völlig fertig, mein Vater sieht aus, als hätte er gerade den London-Marathon hinter sich, nur meine Mutter, die lächelt mit perfekt gezogenem Lidstrich in die Kamera, frisch gepudert wie der junge Morgen. Und jetzt? Meine Mutter, die noch nie ohne Lippenstift zum Bäcker gegangen ist, sagt solche Sachen?

Noch bevor ich was erwidern konnte, ging's weiter mit ihren seltsamen Kommentaren: »Weißt du, Annette …« – nicht »Nettchen« – »… irgendwie bewundere ich dich ja dafür, dass du so eins zu eins rumläufst. Ganz ohne Deko und Schleifchen und Püderchen. Dass du nicht versuchst, immer alles besser zu machen, als es ist …«

»Äh, findest du das jetzt blöd mit dem Schminken?«, fragte ich vergrätzt, denn der kann man's ja nun wirklich nicht recht machen!

»Nein, nein! Das sieht gut aus, wirklich!« Jetzt sah sie mich ganz lieb an und nahm sogar meine Hand. »Ich denk nur, der goldene Mittelweg, der ist der richtige. Und damit meine ich vor allem mich selbst …«

Waren es die Kopfschmerztabletten, der Tee, die Kombination aus beidem, oder was war los mit ihr? Meine Mutter bekam einen richtigen tief philosophischen Offenheitsflash mir gegenüber: »Ich werde ja bald vierzig und ich geb's nicht gerne zu, aber ich komm damit gar nicht gut klar. Jede neue Falte macht mich fertig, jedes neue graue Haar zieht mich runter …«

»Aber du hast doch gar keine Falten und keine grauen Haare«, rief ich, ganz wahrheitsgemäß.

Sie lächelte wieder. »Man sieht sie nicht, weil ich ein Profi bin. Aber klar hab ich die. Egal wie viel ich creme, töne oder jogge, ich werde nicht jünger.«

»Och Mama! Du bist jung!« Jetzt tat sie mir richtig leid.

»Nein, nein, ich bin höchstens noch halb jung. Aber das ist es auch gar nicht. Ich hatte vorhin plötzlich so eine Art Erleuchtung … Beim 1000-Meter-Schwimmen …«

»Och nöö, bitte jetzt nicht wieder einen Vortrag über die tollen Wirkungen von Ausdauersport, so von wegen Glückshormone ausschütten und so«, rief ich, denn den Scheiß hatte ich oft genug gehört.

»Nee, keine Angst«, lächelte sie, »ganz anders! Ich hatte plötzlich, also ehrlich gesagt schon nach der dritten Bahn, so richtig die Schnauze voll von der Schinderei. Ich rackerte mir da einen ab, trotz Kopfschmerzen, kennst mich ja …«

»Allerdings.« Im Ernst, meine Mutter ruht sich nie aus, egal wie krank oder kaputt sie ist. Und erwartet das dann auch von allen anderen …

»Jedenfalls wollte ich einfach nur noch im Whirlpool rumhängen und gar nichts mehr machen …«

»Und warum hast du's nicht gemacht?«

»Hab ich ja! Und es war herrlich!« Das war allerdings neu. Meine Mutter entspannt sich im Whirlpool? Wo das doch erweiterte Äderchen an den Beinen hervorrufen könnte, wie ich sie schon so oft zu Kundinnen hab sagen hören?

»Und da in diesem wohlig warmen Geblubber hab ich dann was beschlossen …«

Ich bekam Angst. »Keine Schönheits-OP, oder? Kein Fettabsaugen statt 1000-Meter-Schwimmen, Mama! Das ist gefährlich! Ich hab da Sachen im Fernsehen gesehen, was da alles passieren kann! Blutgerinnsel und Schlaganfall und …«

Meine Mutter unterbrach mich. »Nein. Keine OP. Ich hab einfach beschlossen, nicht länger gegen das Älterwerden anzukämpfen. Klar werde ich weiter Sport machen. Klar werde ich mich weiter cremen und tönen und föhnen. Aber prinzipiell werde ich mir jetzt erlauben, einfach älter zu werden. Hilft ja alles nix.«

Ich war baff. Aus dem Mund meiner Mutter waren das total revolutionäre Sprüche. Und während ich noch versuchte, sie zu verdauen, stand sie auf und sagte: »Das meine ich mit dem goldenen Mittelweg: Du machst dich zurecht, wenn du da Lust zu hast, und lässt es, wenn du keine Lust hast, und ich … ich geh mal völlig ungeschminkt vor die Tür. Zum Beispiel jetzt. Hast du auch Lust auf Thailändisch?«

Was für 'ne Frage! Ich liebe thailändisches Essen! Statt einer Antwort machte ich nur Männchen wie ein begeisterter Hund und hechelte eifrig dazu. Meine Mutter lachte, nahm eine Jacke und verließ allen Ernstes ungeschminkt das Haus. Das hatte sie noch nie gemacht. Im Ernst: *noch nie!* Also irgendwas war bei uns echt im Umbruch!

Später lag ich im Bett, konnte ewig nicht einschlafen und beschloss irgendwann zwischen halb zwölf und zwölf, mir lieber noch mal die Zähne zu putzen. Im thailändischen Essen war zwar gar nicht viel Knoblauch gewesen, aber ich wollte auf keinen Fall morgen mit einer Gewürzfahne bei der SV-Konferenz erscheinen. Als ich also meine Beißer schrubbend vor dem Badezimmerspiegel stand, wälzte ich weiter die große Frage, die mich seit Stunden wach hielt: Schmink ich mich morgen oder nicht? Ich weiß, es klingt schrecklich banal, aber das ist es nicht. Das bisschen Lidschatten und Wimperntusche sind ja für mich ein großer Schritt. Weg von Graumaus und chronisch freundloser Streberin, die sich außerdem gegen den Schönheitswahn ihrer Mutter wehren muss. Hin zu … äh, wohin eigentlich?

Egal, auf jeden Fall hatte ich den Mut für diesen großen Schritt ja vor allem durch Dominiks Rosen bekommen. Warum soll ich also nicht weitermachen auf diesem Weg zum harmlos-lockeren Gebrauch von ein bisschen Make-up? So wie alle »normalen« Mädchen in meinem Alter das machen? Oder verrate ich dadurch mein altes Ich, die nicht zurechtgemachte Annette, in die Dominik sich verliebt hat? Findet er Schminken vielleicht total tussenmäßig? Das wäre allerdings reichlich kleinkariert… Und so ist Dominik ja nicht… Also, wenn ich morgen Lust hab, dann schmink ich mich… Aber was, wenn ich alles verschmiere, weil ich so nervös bin? Da fiel mir ein, was Pia jetzt sagen würde: »Annette, du denkst zu viel.« Richtig.

Also versuchte ich es einfach mal mit dem Poesiealbum-Orakel. Das Ergebnis:

Bis die Flüsse aufwärts fließen,
bis die Hasen Jäger schießen,
bis die Mäuse Katzen fressen,
dann erst werd ich dich vergessen!

Oh wie bescheuert! Doch in Bezug auf Dominik auch: oh, wie wahr! Ich verschob das Make-up-Dilemma auf morgen und dachte beim Einschlafen an wirklich wichtige Dinge. Genau: an Dominik.

13. Kapitel

Als am nächsten Morgen der Wecker piepte, war ich zunächst noch in einem ganz harmlosen Traum. Ich wunderte mich ein bisschen, dass ich schon wieder nicht vor dem Piepen wach geworden war, streckte die Hand aus und haute dem Wecker eins auf die Snooze-Taste. Das war dann aber auch schon die letzte ruhige Bewegung, zu der ich an diesem Tag fähig war. Denn im allernächsten Moment fiel mir ein, was heute für ein Tag war.

Ich werde Dominik treffen!

Ab da war ich so was von aufgeregt, dass sich die Schminkfrage von selbst entschied: Ich hatte dermaßen den Tatter in den Händen, dass ich mir kaum ein Brot schmieren konnte. Also Schminken impossible. Das Brot kriegte ich auch kaum runter, so trocken war mein Mund. Meine Mutter war zum Glück selbst so gestresst, dass ihr nichts auffiel und sie auch keine Fragen stellte. Sie hatte heute Morgen einen Hilferuf von einer Kollegin bekommen, die krank geworden war, und nun sollte meine Mutter an deren Stelle eine zweitägige Kosmetikerfortbildung leiten, irgendwo in einem schicken Hotel in Wuppertal. Sie musste also Kundentermine verschieben, ihre Koffer packen und ihre Tochter vollquasseln, was die alles soll und nicht soll während ihrer Abwesenheit.

»Bio- und Wertstoffmüll raus am Dienstagmorgen«, »Unbedingt heute die Wäsche aufhängen, die schimmelt sonst«, und natürlich der Klassiker: »Denk an deinen Schlüssel!« Ja ja ja. Ich hörte kaum zu, denn ich fragte mich, wie ich je die Zeit bis nach der sechsten Stunde überleben sollte.

Das erwies sich dann auch wirklich als absolute Nervenprobe. Wie in einer Wolke aus Watte eierte ich durch die Schulstunden, taub und blind für das, was um mich herum vorging. Dem Unterricht folgen? Unmöglich. Zum ersten Mal in meinem Leben bekam ich einen Anschiss, weil ich nicht aufgepasst hatte. Aber auch der ging mir am A… vorbei. Das Einzige, was mir auffiel, war, dass Pia den ganzen Morgen wie blöd an den Fingernägeln kaute. Och, wie süß, sie ist für mich nervös!, dachte ich. In der Pause wollte Pia mit mir quatschen, fragte mich, wie's zu Hause läuft und so was, aber ich konnte kaum zuhören. Ich hab ihr irgendwas erzählt, dass meine Mutter zwei Tage weg ist, in Wuppertal, eine Fortbildung leiten im Hotel Dürer, was weiß ich, blablabla… Doch ich konnte mich auf nichts konzentrieren und bat Pia, einfach die Klappe halten zu dürfen.

Ich zählte die halben Stunden, dann die Viertelstunden und nach der zweiten Pause die Minuten. Endlich war es so weit: Es klingelte nach der sechsten Stunde. Ich nahm meine Tasche – die war heute besonders voll, wegen der vielen Unterlagen zum Thema Fahrradschuppen – und ging mit klopfendem Herzen die Treppe hinauf in den Zeichensaal, der immer für solche Veranstaltungen genutzt wird. Meine Knie fühlten sich wabbelig an. Aber so stark die Aufregung auch war, sie war nicht unangenehm. Denn ich hatte ja die wunderbare Gewissheit, dass ich das Mädchen bin, dem Dominik heimlich einen Strauß Freilandrosen auf den Tisch legt!

Vor dem Zeichensaal warteten schon etwa zehn Leute, die wie ich zur SV-Konferenz wollten. Ich dachte, ich seh nicht richtig, als ich unter ihnen auch Nina erblickte. Sie wirkte reichlich nervös, blätterte in irgendwelchen Papieren und bemerkte mich gar nicht. Ach nee, sie will sich allen Ernstes an Dominik ranmachen, schoss es mir durch den Kopf. Aber das wird ja nicht klappen, schoss es aus meinem Kopf zufrieden zurück.

Die Tür ging auf, wir gingen hinein und da sah ich ihn: Dominik, den nettesten, wunderbarsten Jungen der Welt. Er saß am Kopfende eines großen »U« aus Tischen und war in ein Gespräch mit dem Oberstufensprecher vertieft. So hatte ich Zeit, mir einen günstigen Platz zu suchen, also einen, von dem aus ich ihn gut sehen konnte. Und er mich.

Und so kam es auch. Als endlich alle saßen, räusperte sich die Schulsprecherin, eine smarte Rothaarige aus der 12. Klasse, und begrüßte uns mit dem üblichen Blabla. Dominiks Augen schweiften entspannt in die Runde … streiften mich … sein Blick blieb hängen … ganz klar erkannte er mich … und er lächelte mir zu. Kurz nur, klar, so unter vielen Leuten. Aber die Geigen, die durch meine Seele tönten, waren so laut, dass ich ab da kaum noch hörte, was vorne gesprochen wurde.

Es wurde eine Liste verteilt mit allen Themen, die heute noch drankamen, und zu meinem Glück war »Antrag auf zusätzliche Fahrradstellplätze« ziemlich weit unten. So konnte ich mich dem wunderbaren Genuss hingeben, Dominik einfach nur anzusehen. Sein schönes Gesicht, die weichen, goldblonden, wuscheligen Haare, die freundlichen Augen, die schönen Hände, diese kräftigen, aber keineswegs groben Unterarme, die auf ebenso schöne Oberarme schließen lassen … Er merkte nichts, denn er verfolgte die Diskussion immer sehr aufmerksam oder las in seinen Papieren. Worüber geredet wurde? Keine Ahnung.

Da ging wohl die Tür auf, denn alle sahen interessiert hin.

Alle außer mir, denn ich konnte meine Augen nicht von Dominik wenden. So hörte ich nur schwach durch den dicken Nebel aus Dominik-Fieber, in dem ich steckte, eine leise Stimme, die mich ein bisschen an Pia erinnerte. »Entschuldigung, aber ich müsste dringend mit Annette Borgmann sprechen.« Ich zwang mich, zur Tür zu sehen. Und dort stand wirklich Pia. Sie machte mir hektische Zeichen, aus dem Saal zu kommen. Alle warteten, dass ich aufstand und ging, also musste ich raus.

Vor der Tür quengelte ich sofort los: »Mann, Pia, was soll denn das? Du weißt doch, wie wichtig das hier ist! Gleich ist 'ne Kaffeepause, dann kann ich endlich mit ihm reden!« Pia sah mich so ernst an, dass mich das ein bisschen aus meinem Nebel holte. »Äh, ist irgendwas?«, fragte ich.

»Ja… also… ich… ich muss dir was sagen…«, sagte Pia sehr ernst.

»Ja ja ja, aber schnell!«

»O.k., also, äh…« Pia druckste so beknackt rum, dass ich schon dabei war, sauer zu werden.

»Pia, bitte!«, flehte ich und sah sehnsüchtig zur Tür des Zeichensaals. »Ich muss da wieder rein!«

In dem Moment ging die Tür des Zeichensaals auf und Malte kam heraus. Mir war gar nicht aufgefallen, dass er überhaupt da gewesen war. Aber das machte schon Sinn, immerhin war er unser stellvertretender Klassensprecher.

»Ist alles in Ordnung?«, fragte Malte und sah uns besorgt an.

»Ja ja!«, erwiderte ich, genervt von der Störung.

»Nein«, kam von Pia. Malte und ich sahen zu ihr. Sie sah wirklich furchtbar aus. Blass, zitternd, völlig fertig.

»Auweia, was hast du denn?«, fragte ich. Aber Pia bekam kein Wort mehr raus.

»Tut dir was weh?«, fragte Malte. Er legte ihr die Hand auf die Stirn. »Hast du Fieber? Sollen wir dich vielleicht zum Arzt bringen?«

»Nein, nein, ich muss nicht zum ...« Plötzlich hielt Pia inne und sah mich einen Moment starr an. Dann sagte sie voller Eifer: »Oder doch! Ja! Zum Arzt! Annette soll mich zum Arzt bringen! Ich hab vielleicht ... 'ne Blinddarmentzündung oder so!«

Da war ich natürlich total geschockt. Und tief in der Klemme. So tief, tiefer geht's gar nicht. Meine beste Freundin hat was Schlimmes und muss zum Arzt. Und ich bin drei Millimeter davon entfernt, den Dominik meiner Träume anzusprechen. Ich dachte, ich kreische gleich. Stattdessen kamen nur solche Geräusche aus mir raus: »Öh, öh, öhh ...«

Und Malte sagte zu Pia: »*Ich* kann dich zum Arzt bringen. Ich hab einen Erste-Hilfe-Kurs gemacht und kann sogar Herz-Lungen-Wiederbelebung! Kannst du laufen? Komm!« Malte streckte schon seine Hand nach Pia aus, die völlig gestresst zwischen Malte und mir hin und her guckte.

»Nee, lass mal mit Wiederbeleben, noch leb ich ja«, sagte sie schwach zu Malte.

In dem Moment ging wieder die Tür auf und es wälzte sich eine große Traube von Menschen aus dem Zeichensaal. Kaffeepause. Sie merkten, dass hier irgendwas Interessantes abging, und sahen auf mich, auf Pia und auf Malte. »Was ist denn hier los?« – »Zofft ihr euch?« Die üblichen Sprüche.

Malte blieb cool und sagte nur: »Pia hat irgendwas, ich bring sie zum Arzt.« Doch als Malte mit Pia zur Treppe wollte, riss sie sich los und schrie: »Nein! Nein! Nein! Ich bin nicht krank! Es ist was ganz anderes!«

Inzwischen guckten auch die Letzten, die aus dem Zeichensaal gekommen waren, interessiert zu, wie Pia sich von Maltes hilfsbereiter Hand losriss. Auch Dominik war jetzt da und guckte. Er wandte sich an mich und mich durchfuhr wieder ein Stromstoß, wie damals, als sich am Kiosk unsere Hände berührt hatten.

»Ist das nicht deine Freundin?« Ich konnte nur nicken, nicht sprechen.

»Was hat sie denn?« Ich zuckte mit den Schultern. Dominik sah wieder zu Pia und Malte, dort hatte sich die Situation offenbar beruhigt, denn Pia und Malte sprachen ganz ruhig miteinander. Einige gingen schon die Treppe runter in die Kaffeepause, weil nichts Spannendes mehr geschah. Und weil mir noch Pias Satz »Ich bin nicht krank« in den Ohren klang und weil Dominik ganz nah bei mir stand, sah ich ihn einfach an. Lange. Er sah zurück. Auch lange. Wenn auch etwas fragend, kein Wunder … Und ich sagte: »Danke.«

Dominiks Ausdruck war nun vollkommen überrascht und er fragte: »Danke wofür?« Das wiederum wunderte mich, denn das war doch wohl klar. Aber ich sagte ganz brav: »Für die Rosen, die du mir am Valentinstag geschenkt hast.«

Was mir zu diesem Zeitpunkt leider entgangen war: Die vielen neugierigen Augen und Ohren, die eben noch auf Pia und Malte gerichtet waren, hatten nun mich und Dominik im Fokus. Ganz vorne dabei Nina, mit offenem Mund. Einen winzigen Moment lang spürte ich noch eine Portion Häme, nach dem Motto: »Ja, da guckst du, du blöde Kuh!« Doch dann sprach Dominik. Nur einen Satz. Einen einzigen Satz. Aber der brachte mein ganzes Leben zum Einsturz. Dominik sagte: »Ich hab dir keine Rosen geschenkt.«

Ich dachte, ich krieg eine Bratpfanne auf den Kopf. Wirklich, ich verspürte ein lautes Dröhnen und konnte nicht mehr richtig denken. Mein Herz allerdings hatte die Bedeutung des Satzes kapiert, denn es krampfte sich zusammen. Fürchterlich.

Mir blieb die Luft weg. So muss es sein, wenn alte Leute Angina Pectoris haben, auf Deutsch »Brustenge«. Nicht schön. Nein. Absolut grauenhaft.

Mein Verstand jedoch rannte in einer Art trotzigem Selbstläufer gegen das Dröhnen und Dominiks Worte an und er befahl meinem Mund, folgenden Satz zu formulieren: »Aber … du warst doch im Sekretariat … du wolltest doch wissen, wo mein Klassenzimmer ist.« Inzwischen gab es das erste Gekicher. Dominik wurde unsicher und stammelte, fast entschuldigend: »Ja klar … ich musste dir doch die Unterlagen zukommen lassen … zum Thema Fahrradschuppen. Hast du die nicht gekriegt?«

Zum Antworten war ich jetzt nicht mehr in der Lage. Ich konnte nur noch dastehen, wie angefroren und mit offenem Mund. Irgendwie kriegte ich mit, wie Jan, einer der Computerfreaks aus unserer Klasse und nebenbei Klassensprecher, ganz fahrig wurde und anfing, in seinem schlampigen Rucksack zu wühlen: »Uhh, ähh, Scheiße, sorry, die hab ich eingesteckt und komplett vergessen, sie dir zu geben.« Computer-Jan brachte irgendwelche Papiere hervor, die er mir reichte. Doch meine Hand hatte nicht die Kraft, um die Papiere zu nehmen, also fielen sie auf den Boden. Grausige Stille herrschte. Bis die Stille durch ein noch grausigeres, schrilles Lachen durchbohrt wurde. Nina. Sie lachte und lachte, bis sie ganz krumm war. Andere fielen ein. So stand ich da, wie ein mit Papieren begossener Pudel. Dominik kratzte sich am Kopf, lächelte mich noch mal entschuldigend an und verkrümelte sich dann in den Zeichensaal.

Und Pia? Die boxte sich durch die Traube aus Lachenden, die sich um mich gebildet hatte, und zerrte mich die Treppe runter.

14. Kapitel

Es dauerte bis zur Kreuzung Bismarckstraße/Wallgasse, bis ich endlich weinen konnte. Ich weinte und weinte und weinte und weinte und wollte nie mehr aufhören. Wenigstens weinte ich so heftig, dass ich dabei nicht denken konnte. Die entsetzliche Wirklichkeit drang nur in kleinen Blitzen in mein Hirn vor: »Alles war nur ein Irrtum.« – »Niemand liebt dich, wieso auch?« – »Du bist die größte Witzfigur der ganzen Schule.« – »Dein Leben ist vorbei.«

Pia hatte mich auf ein Mäuerchen gezogen, reichte mir in regelmäßigen Abständen neue Taschentücher, die ich schnell völlig durchgerotzt hatte, und klopfte mir zwischendurch sanft auf den Rücken. Ich weiß nicht, wie lange wir da so gesessen haben. Zu so was Kompliziertem wie Zeitgefühl war ich absolut nicht mehr in der Lage. Es muss aber eine Ewigkeit gewesen sein, denn es wurde schon dunkel, als ich einfach nicht mehr weinen konnte. Pia zog mich hoch und wir gingen – in meinem Fall war das mehr Eiern als Gehen – zu mir nach Hause.

Es heißt ja, dass ein Schock eine betäubende Wirkung hat, und das scheint wirklich zu stimmen. Denn als wir zu Hause ankamen, fühlte ich eigentlich gar nichts mehr. Mir war nicht kalt, ich hatte keinen Hunger, ich dachte nicht an das, was da vorm Zeichensaal passiert war. Ich wusste natürlich, dass es eine Katastrophe war und dass mein Leben nicht mehr dasselbe sein würde. Aber ich war so im Arsch – um es mal offen zu sagen –, dass ich nicht darüber nachdenken konnte. Ich ließ mich wehrlos von Pia ins Bett stecken. Dann machte sie mir eine Wärmflasche, deckte mich zu und setzte sich zu mir. Meine Mutter war nicht da, sie gab ja diese Fortbildung in Wuppertal, worüber ich richtig froh war. Falls man bei meinem Zustand von froh sprechen kann. Aber so blieben mir wenigstens die schrecklichen, besorgt-neugierigen Mutterfragen erspart.

Wieder kann ich nicht sagen, wie lang ich da im Bett lag und an die Decke starrte. Eine Stunde? Zwei? Jedenfalls muss Pia irgendwann gedacht haben, es ginge mir besser, denn sie fragte mich vorsichtig, ob ich ihr zuhören könne.

»Jaja, geht schon …«, erwiderte ich nur tonlos. Ich hatte absolut keine Kraft mehr, mich auch nur annähernd für irgendwas zu interessieren. Aber warum soll sie nicht ein bisschen reden, wenn ihr danach ist? Das dachte ich. Ich hatte ja keine Ahnung, was da kommen würde.

Pia räusperte sich endlos, sodass es mir schon beinahe auf die Nerven ging. Dann fing sie endlich an zu sprechen. Seltsam stockend. Sie sagte: »Ich weiß … es ist absolut unverzeihlich … aber ich hoffe trotzdem … ich hoffe es so sehr … dass du mir verzeihen kannst … Die Rosen … also die vom Valentinstag … die hab *ich* dir da hingelegt. Genauso wie die einzelnen Rosen in den Jahren davor.«

An sich ja keine schwierigen Sätze. Unkomplizierter Inhalt, überschaubare Grammatik. Eigentlich alles ganz einfach. Aber es dauerte verdammt lang, bis ich kapiert hatte, was das bedeutete.

Doch ganz allmählich dämmerte es mir: Meine Freundin … meine beste Freundin Pia … hat mich … verarscht. Von vorne bis hinten. Seit dem Valentinstag. Oh nein, seit vielen Valentinstagen … seit Jahren! Und sie hat mit mir zusammen noch überlegt, von wem die Rosen sind … Dabei wusste sie's doch! Sie hat zugesehen, wie ich total abgehoben bin, als ich dachte, die sind von Dominik … Dominik …

Dabei wusste sie, dass das völliger Quatsch ist. Sie hat einfach zugelassen, dass ich mich total zum Affen mache. Aber warum? Warum überhaupt diese scheiß Rosen?? Warum denn nur???

Und das war die allerschlimmste Erkenntnis: Sie muss mich für so bemitleidenswert halten, dass sie denkt, ich brauch das! Dass ich glauben kann, irgendwer schenkt auch der fetten Annette mal was zum Valentinstag.

Was dann passierte, ist eigentlich schon fast interessant. Denn meine Verzweiflung stieg nicht ins Unermessliche. Ich suchte nicht nach einem Gegenstand, mit dem ich hätte um mich schlagen oder auf Pia draufkloppen können. Ich fing auch nicht wieder an zu heulen. Im Gegenteil. Ich wurde ganz still.

Pia dagegen weinte jetzt total. Normalerweise hätte mich das völlig fertiggemacht, ich kann niemand weinen sehen, vor allem nicht Pia, aber diesmal drang einfach keinerlei Gefühl zum Großhirn vor. Ich sah Pia weinen, aber ich wollte nur, dass sie geht. Ich rollte mich in meiner Decke zusammen, machte mich zu einem kleinen, festen Paket, wollte nichts sehen und nichts hören und sagte nur immer wieder ganz leise: »Geh. Bitte geh. Bitte, bitte, geh …«

Pia ging aber nicht, sondern weinte und weinte und versuchte zwischendurch, mit mir zu reden. Aber ich konnte einfach nicht mehr. Ich wehrte ihre Hand ab, wenn sie mich berühren wollte, und murmelte immer wieder: »Geh, bitte, geh.«

Irgendwann ging Pia.

Ich habe nicht den blassesten Schimmer einer Ahnung, wie lange ich dann da als Paket im Bett lag. Zeitgefühl? Null. Ab und zu kam der Impuls, mich zu bewegen oder sogar aufzustehen, aber sobald ich auch nur einen Finger rührte, kam sie, die Welle. Eine absolut fiese Welle aus Enttäuschung, Schmerz und Hoffnungslosigkeit. Das hört sich jetzt so schön theatralisch-dramatisch an, aber schön war daran gar nichts. Die Message der fiesen Welle war nämlich: »Da hast du, was du verdienst, du arme Sau. Du erbärmliche Kreatur. Du überflüssige Witzfigur.« Damit die Welle mich nicht mitriss, musste ich mich ganz stillhalten und mit aller Kraft an nichts denken. Es war wahnsinnig anstrengend.

Ich war deshalb fast erleichtert, als es irgendwann an der Tür klingelte. Das gab mir was zu tun, ich musste aufstehen, zur Tür gehen und aufmachen. Pia stand da, total verheult, und flehte: »Nette ... Bitte, bitte verzeih mir! Bitte!«

Und in diesem Moment regte sich etwas in mir. Ich war ganz überrascht, denn neben der grenzenlosen Enttäuschung regte sich ... Wut. Ein ganz kleines bisschen nur, aber es gab mir ein wenig Kraft. So hörte ich mich zu meiner eigenen Überraschung sagen: »Tu mir einen Gefallen und lass mich in Ruhe. Geh jetzt bitte. Ich meine es ernst.« Ich schloss die Tür.

Pia hämmerte von außen dagegen. »Annette! Lass mich rein! Ich hab Angst um dich!«

Wieder kam ein Portiönchen Wut hoch. »Das kommt aber plötzlich«, hörte ich mich leise sagen.

Oh! Etwa schlagfertig?! Jetzt wusste ich, wie man schlagfertig wird: Man braucht nur eine Freundin, die einen wochenlang, nein, jahrelang komplett verarscht und – das war am allerschlimmsten – für ein armes, kleines, bemitleidenswertes Würstchen hält, dann muss einem noch die große Herzenshoffnung brutal zertreten werden, und wenn man sich dann noch vor der ganzen Schule ordentlich zum Affen gemacht hat, hey, dann ist man schlagfertig!

Irgendwann hörte das Hämmern und Jammern an unserer Wohnungstür auf. Und als ich durch den Spion guckte, war Pia weg.

Endlich.

Ich tappte zurück in mein Zimmer, rollte mich in meinem Bett wieder zu einem Paket zusammen und fiel zu meiner Verwunderung sofort in einen tiefen, traumlosen Schlaf.

15. Kapitel

Ich wachte auf, weil mein Handy klingelte. Ganz automatisch ging ich ran. Es war meine Mutter, die wissen wollte, ob alles o.k. war. So ein ganz normaler »Mutter ist beruflich unterwegs und checkt, wie's dem Kind geht«-Anruf. Und meine Reflexe funktionierten offenbar noch prima, denn ich absolvierte den Anruf ohne irgendwelche Probleme: »Alles o.k. – nö, nichts Besonderes – ja, ich mach mir dann Nudeln mit Soße, alles bestens, tschüss bis morgen!«

Erst danach wurde ich richtig wach und merkte, dass ich völlig durcheinander war. War es Nacht oder Morgen, von wo hatte meine Mutter eigentlich angerufen und warum fühlte ich mich so furchtbar mies? Die letzte Frage klärte sich leider sehr schnell, denn mir fiel wieder ein, was gestern passiert war. Sofort kriegte ich wieder dieses Krampfgefühl in der Herzgegend und diese fiese Welle rollte auf mich zu. Ich musste mich mit aller Kraft dagegenstemmen. Ein Blick auf meinen Wecker sagte mir dann, dass das gar nicht gestern war, sondern heute! Es war nämlich erst kurz nach neun abends. Also hatte ich höchstens eine Stunde geschlafen. Jetzt war ich hellwach.

Wie sollte ich bloß die Nacht überstehen? Vom nächsten Tag und dem Rest meines Lebens mal ganz zu schweigen? Ich spürte plötzlich extremes Nasenprickeln und den großen Wunsch, meine Mutter anzurufen, ihr alles zu erzählen und einfach nur ins Telefon zu heulen. Aber gut wäre das nicht. Erstens ist das nicht unsere Art und zweitens war meine Mutter ja gerade in Wuppertal. Ja, langsam erinnerte ich mich. Sie hätte sich total erschrocken und sich Sorgen gemacht und ihre Fortbildung abgeblasen, wäre nach Hause gebrettert und dann hätte sie mir doch nicht helfen können. Und ich hätte wegen der geplatzten Fortbildung für immer ein schlechtes Gewissen gehabt. Außerdem wollte ich nicht wirklich, dass sie von der Dominik-Misere erfuhr. Dominik … Oh Gott … Plötzlich erschien mir das selbst alles so lächerlich. Ja, das war das Schlimmste jetzt: Das Schamgefühl setzte ein, aber massiv. Wie die Bässe bei einem finsteren Hip-Hop. Dröööóhn!

Wie hatte ich nur so dumm sein können! Nur ein Satz von unserer Müsli mümmelnden Schulsekretärin und ich hab echt geglaubt, ein Junge wie *Dominik* liebt eine wie *mich!* Da schlug die Flutwelle aus Schmerz wieder über mir zusammen. Ich konnte gerade noch mein Handy grapschen und die Nummer meines Vaters wählen. Denn ich musste mit jemandem reden, unbedingt, schnell!

Das war so klar. Keine Antwort. Mein Vater hört sein Handy nämlich so gut wie nie. Scheiß drauf, dann fahr ich eben hin! Ist eh viel besser. Mein Vater redet nicht gern am Telefon. Ich merkte auch, wie sehr ich einfach in den Arm genommen werden wollte. Und mein Vater ist einer, der bei so was nicht viele Fragen stellt. Also, nix wie hin! An der Wohnungstür musste ich noch mal zurück, denn ich hatte meine Jacke vergessen. Keine gute Idee mitten im Februar …

Fünf blaue Flecken später – dieser verdammte vollgestopfte Fahrradschuppen! – strampelte ich am Fluss entlang durch die kühle Nachtluft. Das tat mir erstaunlich gut. Ich trat in die Pedale und stellte mir bei jedem Tritt vor, all die zu treten, die mich mein Leben lang getreten hatten: alle Tussen dieser

Welt, alle falschen Freunde, und da natürlich ganz vorne Pia, alle Dominiks, die mich nicht wollten … Bei Letzterem durchzuckte mich ein fieser Schmerz – und ich merkte zu meiner Überraschung, dass ich Dominik gar nicht böse sein konnte. Er hatte sich ja auch nichts zuschulden kommen lassen. Alles war ja nur in meinem Kopf entstanden. Oh Mist, Mist, Mist! Ich liebte Dominik noch immer! Darum fing ich mal wieder an zu weinen. Blöd beim Radfahren abends am Flussufer, denn dann sieht man den Boden nicht und legt sich, wie ich, innerhalb kürzester Zeit auf die Fresse.

Als ich mich aufrappelte, war meine Hose verschlammt und mein Knie pochte. Gut, dass ich schon am Heulen war, so brauchte ich nicht erst damit anzufangen. Und gut, dass ich noch ein weites Stück zu radeln hatte, so hatte ich mich halbwegs ausgeheult, als ich endlich bei meinem Vater klingelte, der über seinem Antiquitätenladen in einer kleinen Wohnung wohnt.

Bald stellte ich fest, dass ich ruhig noch hätte weiterheulen können. Denn es machte eh keiner auf. Und mir fiel auch ein, warum nicht. Mein Vater war nämlich auf dieser Antiquitätenmesse – in Belgien! Erst gestern war ich mit ihm essen gewesen und er hatte mir von Belgien erzählt. Irgendwie scheint ein Schock auch das Erinnerungsvermögen zu schwächen. Und das Zeitgefühl zu verändern. Denn gestern erschien mir Lichtjahre weit entfernt …

Wieder mal hatte ich Gelegenheit, meine Optionen durchzugehen.

A) Ich kann die gläserne Ladentür eintreten, damit ich wenigstens ins Warme komme. – Schlecht, denn dann wäre ich zwar im Laden drin, aber mit zerschnittenem Bein und hätte wohl auch bald die Polizei am Hals.

B) Ich kann hier blöd rumstehen, bis mein Vater Ende der Woche aus Belgien zurückkommt. – Auch schlecht, vor allem weil ich sah, wie am Ende der Straße ein Besoffener in meine Richtung torkelte.
C) Ich kann nach Hause zurückfahren. – Der Besoffene hatte mich inzwischen entdeckt und grölte irgendwas in meine Richtung.

Das war die Entscheidung. C).

Auf der Rückfahrt war das bisschen Wut, das ich vorher noch gespürt hatte, samt dessen kraftgebender Wirkung leider völlig verraucht. Ich war nur noch kaputt. Mein Knie tat weh, mir war kalt und ich wollte ins Bett. Oder besser: erst in die Badewanne und dann ins Bett. Mit jedem Meter hing mir die Zunge mehr aus dem Hals. Ein seelischer Schock und dann so extreme Gefühle sind offenbar auch körperlich total anstrengend.

Als ich endlich zu Hause angekommen war, mein Fahrrad im Schuppen verstaut hatte – ja danke, wieder drei blaue Flecken – und die Treppe hochgeschlichen war, hatte ich vor Erschöpfung schon so eine Art Wahnbild vor meinem inneren Auge. Also so, wie ein Verdurstender in der Wüste glaubt, eine sprudelnde Quelle zu sehen, sah ich mich schon in ein dampfendes, warmes Schaumbad sinken. War aber nix. Denn an der Tür stellte ich fest: Ich hatte den Schlüssel vergessen.

Es gibt gar keine Worte, um zu beschreiben, wie ich mich in diesem Moment fühlte. Am stärksten, glaub ich, war der Selbsthass. Wie konnte ich nur so ober-ober-oberdämlich sein und schon wieder meinen Schlüssel vergessen?? Ich haute ein paar Mal mit dem Kopf gegen den Türrahmen, irgendwie in der Hoffnung, dass mir dadurch einfiel, was ich jetzt machen sollte. Das Hauen tat verdammt weh und weckte immerhin einen Rest von Selbsterhaltungstrieb, sodass ich damit aufhörte und stattdessen meine Optionen durchging. Wieder mal.

A) Ich kann bei den Nachbarn klingeln und fragen, ob ich bei ihnen übernachten kann. – Schlecht, denn das ist so ein komisches Pärchen, die laufen immer total gruftimäßig rum und haben die Wohnung voller Gummifledermäuse und Totenköpfe. Also eigentlich wirken die ganz lieb und nett, aber da hatte ich zu viel Schiss.
B) Ich kann es bei den anderen Nachbarn im Haus versuchen. – Ganz schlecht, denn entweder kenne ich die gar nicht oder sie sind wie der komische Kerl direkt über uns, der den ganzen Tag mit sich selbst spricht und dabei seinen Vollbart zauselt.
C) Ich kann doch den Schlüsseldienst rufen. – Nein, konnte ich nicht, denn ich wusste, dass das nachts – und es war laut meinem Handy 22.54 Uhr – dreimal so teuer ist.
D) Ich kann meine Mutter anrufen und sie anflehen, nach Hause zu kommen und mich zu retten. – Hmmm. Ich war wirklich kurz davor, das zu tun, aber dann rechnete ich aus, wie lange es dauern würde, bis sie aus Wuppertal hier wäre – lange –, und wie beschissen ich mich fühlen würde, weil ich ja »schon wieder« den Schlüssel vergessen hatte.
E) Ich kann Pia anrufen und sie bitten, dass ich bei ihr übernachten kann. – Nein. Schlicht und einfach nein.
F) Ich kann es bei irgendwelchen anderen Leuten aus meiner Klasse versuchen, mit denen ich mich gut verstehe. Davon gibt's ja immerhin einige. – Aber deren Eltern wären garantiert völlig aus dem Häuschen, dass ich um elf Uhr abends mutterseelenallein vor verschlossener Tür stehe, und dann würden sie's meiner Mutter erzählen oder dem Jugendamt und, und, und… Dazu würde das alles dann auch in der

Schule die Runde machen und da hatte ich mich ja nun schon ausreichend blamiert.

G) Ich kann zur Bahnhofsmission gehen. – Aber weil ich ja erst 13 bin, würden die garantiert auch meine Mutter kontaktieren.

H) Ich kann mich auf unserer Fußmatte zusammenrollen und dort sterben. – Nö. Hatten wir schon: klappt eh nicht. Und außerdem siehe A) und B), Angst einflößende Nachbarn.

Alles lief hinaus auf I).

Und I) bedeutete: Ich verbringe die Nacht in unserem Hof im Fahrradschuppen. Denn da ist nachts sehr wahrscheinlich weniger Publikumsverkehr als hier im Treppenhaus. Und für den Schuppen brauche ich keinen Schlüssel. Da ist nämlich seit Jahren das Schloss kaputt.

16. Kapitel

Irgendwo hatte ich mal was gelesen über »Grenzerfahrungen«. Und dass die einen Menschen geistig und seelisch weiterbringen und reifen lassen. Also – Grenzerfahrungen hatte ich nun reichlich. Ob sie mich geistig und seelisch weitergebracht haben, will ich mal stark bezweifeln. Und ob sie mich reifen ließen? Höchstens in Richtung Klapsmühle.

Zum Einstieg in die Nacht im Fahrradschuppen gab's jedenfalls erst mal den ein oder anderen weiteren blauen Fleck. Denn ich musste in einem komplett vollgestellten Schuppen einen Platz finden, an dem ich mich wenigstens irgendwie hinsetzen konnte. Hinlegen war völlig unmöglich und wäre auch viel zu kalt gewesen. Die nächste Herausforderung war genau das: die Kälte. Ich hatte meine normale Winterjacke an, aber die war nicht dafür gedacht, um darin in einem ungeheizten Schuppen zu übernachten bei drei Grad Außentemperatur. Es war bald so arschkalt, dass ich irgendwie gar keine Angst mehr hatte vor Gummifledermäusen und Totenköpfen – und doch bei dem Grufti-Pärchen klingelte. Nur leider waren die nicht da. Kein Wunder, Gruftis sind ja nachts meist unterwegs.

Immerhin fand ich bei der Rückkehr in den Schuppen in einer staubigen Ecke eine kratzige, alte, durchlöcherte Decke. So ein fieses, olles Teil, das jemand wohl als Unterlage bei Fahrradreparaturen benutzt hatte, denn die Decke miefte modrig nach altem Gummi und Maschinenöl. Egal, sie wärmte. Wenigstens ein bisschen.

Die nächste Grenzerfahrung war Schmerz. Jeder, der schon mal versucht hat, sitzend in einem vollen Fahrradschuppen zu übernachten, weiß, wie weh einem die Ellenbogen tun können. Oder der Hintern. Oder die Rippen. Oder die Knie. Oder einfach alles. Eine halbwegs bequeme Haltung war einfach nicht zu finden.

Womit wir bei der Grenzerfahrung Zeit wären. Wer mehr vom Leben haben will, muss einfach mal eine Nacht in einem kalten Fahrradschuppen verbringen. Dann lernt man, wie viele schwarze Gedanken in eine einzige Minute passen. Ich weiß es jetzt: sehr, sehr viele. Um nicht durchzudrehen, fing ich an, gaaanz langsam die Sekunden zu zählen, und bei 60 guckte ich dann auf mein Handy, ob auch wirklich eine Minute vorbei war. Meistens war das noch nicht der Fall. So eine Sekunde kann verdammt lang sein. Und eine Minute ist eine Ewigkeit. Die ganze Sache musste ich dann aber bald lassen, denn mein Akku war nicht mehr sehr voll und das Licht vom Display verbraucht viel Strom.

Ungefähr um diese Zeit schlich sich dann ein seltsamer, völlig durchgeknallter Humor ein, sicher ein Zeichen dafür, dass ich langsam den Verstand verlor. Ich witzelte nämlich mit mir selbst, dass man meine Geschichte überschreiben könnte mit »Der Fahrradschuppen war ihr Schicksal«, also so in Bezug auf mein erfolgloses Engagement für mehr Fahrradschuppen an unserer Schule, das Missverständnis um Dominik zum selben Thema und meine beschissene Lage jetzt… Dann fing mein Hirn an, von selbst Poesiealbum-Sprüche zu dichten, wie etwa:

Wenn du einst nach vielen Jahren
dieses Album nimmst zur Hand,
denk daran, wie kalt wir waren,
Hintern und auch der Verstand.

oder

Ein Häuschen aus Rosen,
aus Veilchen die Tür,
ein Schlüssel zur Türe,
das wünsche ich mir!

oder

Ein langes Gedicht,
das merk ich mir nicht,
darum sag ich nicht mehr
als: »Ich friere so sehr!«

Diese Phase dauerte leider nicht lange, denn dann kam noch Angst als Grenzerfahrung dazu. Denn plötzlich hörte ich, wie der komische Nachbar, der immer mit sich selbst spricht und dabei seinen Vollbart zauselt, in den Hof kam. Er rumpelte an den Mülltonnen herum, redete natürlich wieder mit sich selbst und ich hoffte inständig, dass er nur seinen Müll wegwarf und dann schnell wieder abhaute. Ich hoffte vergebens. Der Mit-sich-selbst-Redner nuschelte vor sich hin, lief im Hof hin und her, scharrte, klapperte und hustete. Und als er von außen gegen die Schuppentür stieß, hab ich mir wirklich fast in die Hose gemacht. Mein Herz blieb stehen. Ich hielt den Atem an. Doch nichts passierte. Der Mit-sich-selbst-Redner-und-Bart-Zauseler verzog sich. Uff, so ein Glück!

Meine Erleichterung war gigantisch. Aber fast im nächsten Moment hatte ich ein neues Problem: Ich musste mal pinkeln. Sicher der Schreck, und außerdem war ich ja schon seit vielen Stunden draußen. Im Dunkel des Schuppens versuchte ich, ein passendes Gefäß auszumachen, das ich im schlimmsten Fall verwenden könnte, um … äh … na ja, um reinzupinkeln. Nur traute ich mich kaum, mich zu bewegen und etwas zu suchen, aus Angst, dass mich einer hörte, am Ende noch der Bart-Zauseler oder jemand noch Fieseres. Inzwischen war es halb eins. Ich fingerte ganz vorsichtig suchend um mich herum, griff aber nur in schwarzölige Fahrradketten und rostige Speichen und beschmierte meine Klamotten mit Öl und Rost. Und dann hatte ich das Zeug auch noch im Gesicht und in den Haaren. Zäh und klebrig. Mist! Und interessant, wie man allein in einem dunklen Schuppen noch auf sein Äußeres bedacht ist!

Ich war gerade dabei zu überlegen, ob ich einfach mal eine Runde heulen sollte, erstens, weil das hier alles verdammt zum Heulen war, und zweitens, weil das vielleicht den Drang zu pinkeln verringern konnte. Dabei war mir klar, dass Letzteres sehr unwahrscheinlich war, ich hatte ja in Biologie gut aufgepasst, aber ein Versuch war's wert.

Ich ließ also die ersten Tränen laufen. Kein Problem, die sprudelten nur so. Ich brauchte nur an Dominik denken, den ich für immer verloren hatte … Da hörte ich plötzlich ein Tappen, dann ein Rascheln und dann ein Schnüffeln. Ein Hund, draußen am Fahrradschuppen! Und direkt danach hörte ich eine bekannte Stimme. »Into, was hast du denn? Was machst du denn da?« Das war Malte!!

Ich wischte mir schnell die Tränen ab, wobei ich mir nun erst so richtig Rost und Öl ins Gesicht rieb, und stolperte aus dem Fahrradschuppen. So schnell, wie ich das bei meinen komplett eingefrorenen Beinen konnte. Das heißt konkret: Ich fiel Malte direkt vor die Füße. Er half mir auf. Der Hund war natürlich der struppige Mops-Terrier, mit dem Malte immer im Park unterwegs ist. Mann, war ich froh, die beiden zu sehen!

»Hallo«, sagte Malte, als wäre es das Normalste der Welt, nachts um halb eins blau gefroren, heulend und ölverschmiert aus einem Fahrradschuppen zu fallen. Der Hund sprang wie immer begeistert an mir hoch und schlabberte mich ab.

»Hast du deinen Hausschlüssel nicht dabei?«, fragte Malte. Ich konnte vor Frieren und Zähneklappern und unter den Schlabberattacken des struppigen Hundes nur nicken. »Kannst gern mit zu uns kommen und aufm Sofa pennen.« Und als ob Malte meine Gedanken lesen konnte, fügte er hinzu: »Meine Eltern fragen nix. Außerdem schlafen die schon. Ich musste nur noch mal mit Into raus und der muss dich gewittert haben. Du weißt ja, der hat so 'ne feine Nase.«

»Der heißt Into?« Irgendwie muss ich diese Frage trotz meiner vor Kälte klappernden Zähne gestellt haben, denn ich erinnere mich, dass Malte sagte: »Naja, offiziell heißt er Hasso. Aber ich nenne ihn Into. Das ist Finnisch und heißt Begeisterung.«

Sehr passend, das musste man sagen.

Ansonsten erinnere ich mich ab da nur noch an Angenehmes. Ich kam nur ein paar Straßen weiter mit Malte in eine wunderbar warme Wohnung. Ich hatte gar nicht gewusst, dass er so in der Nähe wohnt. Welch herrliche Fügung des Schicksals! In dieser wunderbar warmen Wohnung kam ich dann als Erstes auf ein ebenso wunderbar warmes Klo. Oh, die Erleichterung! Und ich konnte mir Rost und anderen Dreck aus dem Gesicht waschen. Dann bekam ich eine wunderbar weiche, dicke und vor allem saubere Decke. Ich legte mich im

Wohnzimmer auf eine unglaublich bequeme Couch. Sicher war sie nur ganz normal bequem, aber nach dem Horror im Fahrradschuppen kam sie mir vor wie das weichste Bett im teuersten Luxushotel. Dann machte Malte mir eine Wärmflasche, einen heißen Kakao und ein Butterbrot, stellte alles auf den Couchtisch, winkte mir von der Wohnzimmertür noch mal nett zu und ließ mich in Ruhe. Und ich habe noch nie so ein leckeres Brot gegessen, so einen köstlichen Kakao getrunken, dann so gemütlich und warm gelegen und so tief geschlafen…

Als ich wach wurde, war es hell. Mein Handy zeigte viertel nach neun. Ein Zettel lag auf dem Couchtisch: »Bin in der Schule. Ich sag denen, du bist krank. Handtuch liegt im Bad, Frühstück ist im Kühlschrank. Meine Eltern kommen um fünf, ich um drei. Gruß, Malte.« Das waren alle Infos, die ich brauchte, um einen vergleichsweise angenehmen Morgen zu verbringen. Angenehm im Vergleich zu dem Fahrradschuppenhorror. Gar nicht angenehm im Vergleich zu meinem Hochgefühl gestern Morgen, als ich noch dachte, das wird was mit Dominik und mir…

Als ich kurz darauf in genau dem warmen Schaumbad lag, von dem ich gestern Abend geträumt hatte, konnte ich es kaum glauben, dass mein Dominik-Hochgefühl nur einen Tag her war. Gestern Morgen noch dachte ich, ein wunderbares Leben liegt vor mir. Und jetzt? Jetzt lag ein verdammt graues Leben vor mir. Angefangen bei dem unvermeidlichen Ärger mit meiner Mutter, die natürlich mitkriegen wird, dass ich – wieder! – den Schlüssel vergessen hatte. Weiter ging's mit der finsteren Aussicht, demnächst ohne beste Freundin leben zu müssen. Die Enttäuschung saß einfach zu tief. Aber ohne Pia, das hieß auch: ohne all das, was wir immer zusammen machten – gemütlich abhängen, über Tussen lästern, über Leute und über uns selber kichern, Poesie-Roulette spielen… Vorbei waren natürlich auch die ganzen neuen Sachen, die in der letzten Zeit so aufregend gewesen waren: meine vorsichtigen Versuche zu neuen Klamotten und etwas Make-up. Also das war alles gestorben, denn dazu kam ich mir jetzt viel zu lächerlich vor. Auch die Karnevalsfete und das Rosenköniginnenkostüm waren natürlich vom Tisch. Nie im Leben würde ich nach der gestrigen Komplettblamage vor dem Zeichensaal in so einem Aufzug da antanzen. Und das auch noch allein! Denn wie gesagt: Ich habe ja keine beste Freundin mehr… Mein Herz krampfte sich zusammen bei dem Gedanken.

Ja, und dann natürlich – Dominik. Den konnte ich mir abschminken, aber so was von. Als ich an ihn dachte, an sein weiches Blondhaar, sein freundliches Lächeln und alles andere, was ihn so wunderbar macht, schob sich auch sein hilfloses, verwirrtes Gesicht vor mein inneres Auge. Das, was er drauf gehabt hatte, als es zu meinem großen Lebens-Meltdown kam, da vor dem Zeichensaal. Das war nicht so toll, das Gesicht. Also schob ich es wieder weg und dachte lieber an die schönen Dominik-Bilder. Aber nichts war wie vorher. Die Geigen, die blieben aus. Alles war stumm.

17. Kapitel

Beim Frühstück in Maltes Küche wartete ich ehrlich gesagt darauf, dass Pia sich melden würde. Denn es war gerade große Pause. Ich starrte auf mein Handy. Wenigstens eine SMS könnte sie schreiben. Natürlich würde ich ihr nie verzeihen, niemals! Aber es traf mich doch, dass sie sich nicht meldete … Da klingelte mein Handy und mein Herz tat einen Sprung. Pia! Aber es war nur mein Vater. Umpf. Mein Herz fiel zurück auf den Boden der Tatsachen.

»Du hast versucht, mich zu erreichen?«, fragte mein Vater besorgt. Offenbar guckte der erst jetzt auf sein Handy!

»Ja ja, gestern, aber war nix Besonderes.« Ich hatte jetzt absolut keine Lust mehr, meinem Vater irgendwas zu erzählen. Was sollte das noch bringen, im Nachhinein? Nur Sorgen für ihn und Peinlichkeit für mich. Also sagte ich schnell: »Alles o.k. hier. Viel Spaß noch in Belgien.«

Mann, war ich enttäuscht, dass es nicht Pia war! Obwohl ich dann natürlich sofort aufgelegt hätte.

»Ja danke, dann bis demnächst mal, meine Süße!« Mein Vater legte auf. Voll typisch für ihn, mich einfach mitten am Vormittag anzurufen, ohne einen Gedanken daran, dass ich ja gerade in der Schule sein könnte und ein Anruf vielleicht unpassend wäre. Aber so ist er nun mal. Er denkt nicht an so was Banales wie Schule. Eine der Eigenschaften, die meine Mutter damals in den Wahn getrieben und ihre Trennung herbeigeführt hatte.

Stichwort Mutter. Bei dem Gedanken blieb mir das knusprige Brötchen fast im Hals stecken. Denn der Gedanke »Mutter« führte sofort zum Gedanken »Schlüssel« und zu der lebenswichtigen Frage: Wie minimiere ich den Ärger um den vergessenen Schlüssel? Mal wieder Gelegenheit, meine Optionen durchzugehen.

A) Ich sag ihr gar nichts, sondern versuche, sie »zufällig« vor dem Haus zu treffen, wenn sie aus Wuppertal kommt. – Schlecht, denn ich konnte ja nicht wissen, wann sie kommt. Das heißt, dass ich plus/minus drei Stunden in unserer Straße rumlungern müsste, um sie abzupassen. Ein Blick aufs Wetter: Schneeregen. Nein danke. Außerdem erwartet sie dann garantiert, dass *ich* aufschließe, weil sie ja so viele Taschen dabei hat. Also A) konnte ich knicken.
B) Ich warte mit Sündermiene und Hundeblick vor der Wohnungstür und hoffe auf Gnade. – Nicht sehr aussichtsreich. Außerdem merkte ich, dass ich absolut die Schnauze voll davon hatte, irgendwo vor Türen zu warten.
C) Ich schreib ihr eine SMS und gebe alles zu. Dann hoffe ich, dass sie vor lauter Arbeit nicht sofort wütend zurückrufen kann, sondern sich ein bisschen beruhigt hat, bis sie mich hier bei Malte abholt. – Hmmm. Klingt gut. Nur wie erkläre ich, dass ich bei Malte bin und nicht bei Pia? Ich wollte ihr auf keinen Fall was erzählen von Pia und unserem Zerwürfnis. Denn dann käme ich zu nah an das Thema mit Dominik, und das war nun wirklich das Letzte, was ich wollte, dass meine Mutter darüber Bescheid …

Mein Handy klingelte. Pia!

Umpf, umpf und noch mal umpf!!! Nicht Pia. Meine Mutter. Ich war so enttäuscht, dass ich gar nicht dazu kam, mir in die Hose zu machen über die Frage, wie ich ihr das jetzt mit dem Schlüssel erkläre. Und zu meiner Überraschung war das auch gar nicht nötig. Meine Mutter sagte nur: »Hey Nettchen, stör ich? Ihr habt doch grad Pause, oder?« Ja, meine Mutter hat so was immer genau auf dem Schirm! Ohne eine Antwort abzuwarten, sprach sie weiter: »Ich hab noch zwei Stunden zu tun hier, dann fahr ich los und muss erst mal in den Salon, bis halb fünf. Ich bin total kaputt… Hab keine Lust, heute zu kochen. Lass uns doch einfach um fünf beim Italiener auf der Martinstraße treffen, o.k.?«

Ich konnte nur völlig baff »O.k.« murmeln, da hatte sie auch schon aufgelegt. Und mir wurde klar: Aus dem Schlüsseldrama war ich raus!

Nach meinem späten Frühstück gammelte ich noch eine Weile in der Wohnung von Maltes Familie rum. Ich muss gestehen, dass ich mir dabei sein Zimmer mal ein bisschen genauer ansah. Ziemlich unordentlich war's, aber ohne fiese, alte Socken oder Schlimmeres. Und voll war es mit Büchern über die seltsamsten Themen: Außerirdische, Urzeittiere, Nomadenvölker in Asien, U-Boote, sogar ein Kochbuch lag da für Indische Küche, aber absolut nichts zum Thema Sport. Waren nicht sonst die meisten Jungszimmer eine einzige, riesige Show von Fanschals, Fußball- oder Basketball- oder Formel-1-Plakaten, Pokalen, Hockeyschlägern, Baseballmützen und so weiter? Das fehlte hier komplett! Stattdessen lagen ein paar gar nicht mal schlechte Bleistiftzeichnungen von dem struppigen Hund herum. Den musste Malte wirklich sehr mögen, schon weil er nach Mitternacht noch mit ihm Gassi ging. Und dabei war's doch nur der Nachbarshund. War schon ein schräger Vogel, dieser Malte.

Ich haute dann aber doch lieber vor drei Uhr ab, denn ich hatte keine Lust, Malte noch mal zu treffen. Mir war das alles jetzt ganz schön peinlich, wie er mich da gestern Nacht schlotternd und dreckig in unserem Fahrradschuppen gefunden hatte. Außerdem war ich von all den Schicksalsschlägen, also Dominik verloren – was heißt verloren?? Nie gehabt! –, Pia verloren, in der Schule blamiert und aus der Wohnung ausgeschlossen, so angegriffen, dass ich einfach allein sein wollte. Also ging ich in die Stadtbücherei, kuschelte mich in der Leseecke in einen Sessel, ganz nah an der Heizung, und las ein »Hanni und Nanni«-Buch. Wunderbar entspannend, diese braven Internatsgeschichten aus dem vorigen Jahrhundert, in denen nie auch nur ein einziger Junge vorkommt. Ja, die hatten ein einfaches und überschaubares Leben! Und gerieten nie in Gefahr, ihr Herz zu verlieren. Oder ihren Hausschlüssel.

Um halb fünf versuchte ich auf dem Klo der Stadtbücherei, meine Kleider etwas in Ordnung zu bringen. In denen hauste ich ja nun schon seit gestern Morgen, inklusive einer halben Nacht im Fahrradschuppen. Im Nachhinein war es gut, dass ich die meiste Zeit gefroren hatte wie ein frisch geschorenes Schaf, denn so waren sie wenigstens nicht verschwitzt. Trotzdem fühlte ich mich langsam ganz schön unwohl. Als ich dann kurz darauf unterwegs war zum Restaurant, war ich richtig nervös. Das wurde noch schlimmer, weil mir der Kellner einfiel, der mich am Sonntag so seltsam interessiert angesehen hatte. Damals, in meinem früheren Leben, als ich dort mit meinem Vater saß, in meinem neuen Outfit und mit neuer Wimperntusche und neuer Hoffnung im Herzen ... Und jetzt schlich ich hier als obergefrustete Witzfigur entlang, in ölfleckigen Klamotten von gestern ...

Zu meiner großen Erleichterung war der Kellner gar nicht da. Und zu meiner noch größeren Erleichterung stellte meine

Mutter keine Fragen wegen meiner fleckigen Kleider. Sie winkte mir nur fröhlich zu, als sie mich hereinkommen sah. Doch als ich mich setzte, sah sie mich plötzlich besorgt an und fragte: »Geht's dir nicht gut? Du siehst so blass aus.«

Na, und in diesem Moment fühlte ich es: dieses Prickeln in der Oberlippe und in der Nase. Dieses bekloppte Wibbeln im Unterkiefer. Ich wollte es noch beherrschen. Aber ich konnte nicht mehr. Ich fing total an zu heulen. Meine Mutter zog mich neben sich auf die Sitzbank, nahm mich in den Arm, stellte keine Fragen, sondern reichte mir nur in regelmäßigen Abständen ein neues Taschentuch – wie Pia gestern. Ein Gedanke, der neue Schluchzattacken auslöste, während meine Mutter immer wieder die Kellner abwimmelte, die endlich unsere Bestellung aufnehmen wollten.

Mir war auf wunderbare Weise alles egal. Was die Leute dachten, was die scheiß Kellner dachten, wie ich aussehe, was meine Mutter gleich für Fragen stellen würde. Als ich mich nach einer Menge vollgerotzter Taschentücher endlich ausgeheult hatte, bestellten wir Spaghetti carbonara, unser Lieblingsessen. Also, eigentlich nur mein Lieblingsessen, denn meine Mutter verkneift sich so was sonst immer. Normalerweise bestellt sie sich einen Salat, der Gesundheit und schlanken Linie wegen, und lauert dann beim Blätterkauen immer neidisch auf die Teller der anderen. Aber heute war alles anders. Denn sie mampfte nun selbst Spaghetti carbonara. Und sie stellte immer noch keine Fragen.

Nachdem ich die erste halbe Portion im Bauch hatte und sich trotz meines Kummers ein gewisses Wohlgefühl ausbreitete, wenigstens im Magen, hörte ich mich zu meiner Überraschung plötzlich sagen: »Ich hab mich mit Pia zerstritten.« Irgendwie wollte ich wohl meiner Mutter eine nachvollziehbare Erklärung für meinen Heulanfall geben.

Sie nickte nur. »So was hab ich mir schon gedacht.«

»Ich kann dir aber nicht sagen, warum«, schickte ich schnell hinterher, aus Angst, ich würde jetzt hier den Bekenneranfall kriegen und meiner Mutter die ganze Misere erzählen, samt Dominik und Totalblamage.

Doch sie meinte nur: »Musst du auch nicht. Wenn du reden willst, hör ich dir gerne zu, aber wenn du nicht reden willst, ist auch o.k. Du wirst selbst wissen, was am besten ist, bist schließlich alt genug.«

Hatte meine Mutter irgendwelche Pillen gefressen während der Fortbildung? Verständnis-Forte, 500 Milligramm, zu Risiken und Nebenwirkungen lesen Sie die Packungsbeilage und fragen Sie Ihren Arzt oder Apotheker?

»Wenn du möchtest, schreib ich dir für ein paar Tage eine Entschuldigung«, hörte ich sie sagen. »Du siehst wirklich blass aus. Nicht dass du mir krank wirst... Bleib einfach ein paar Tage zu Hause. Kannst du dir ja leisten, bei deinen guten Noten.« Sie lächelte lieb und strich mir über die Wange. Klarer Fall: Meine Mutter hatte Verständnis-Forte geschluckt, aber die volle Dröhnung!

18. Kapitel

Es dauerte eine Weile, bis ich mich an meine plötzlich so nette Mutter gewöhnt hatte, aber dann war das richtig gut. Sie stellte wirklich keine Fragen mehr, sondern schrieb mich glatt für den Rest der Woche krank. Dann rief sie in der Schule an und organisierte, dass mir die Lehrer den Stoff, den ich verpasste, per E-Mail schickten. So was hätte sie mich sonst garantiert selbst machen lassen, kreisch! Aber so brauchte ich nicht irgendwen aus meiner Klasse dafür anhauen. Normalerweise hätte natürlich Pia mir jeden Tag die Hausaufgaben, die Arbeitsblätter und so weiter nach Hause gebracht, aber … Pia gab's ja nicht mehr für mich.

Meine positiv veränderte Mutter überlegte jeden Tag mit mir, was wir zusammen kochen könnten und es gab immer meine Lieblingsspeisen. Und als es mir schon am zweiten Tag zu Hause zu langweilig wurde, schlug sie vor, dass ich mit meinen Schulsachen in den Schönheitssalon komme, damit ich nicht allein bin und wir in ihren Pausen nett zusammen Kaffee trinken können. Und ich bekam richtigen Kaffee, nicht ihre koffeinfreie Plörre, und das ganz ohne Kommentare über Herzklopfen. Zwischen ihren Pausen konnte ich in einer freien Pflegekabine lesen oder Schularbeiten machen.

Um ganz ehrlich zu sein, hatte ich mich zu Hause gar nicht gelangweilt. Und es war auch nicht die Einsamkeit, die mich in den Schönheitssalon trieb… Sondern es war so, dass ich den Anblick der langsam verblühenden Valentinsrosen in meinem Zimmer nicht ertragen konnte. Gleichzeitig war ich aber auch nicht in der Lage, sie wegzuschmeißen. Das war wie ein Bann – ich konnte die Blumen einfach nicht anfassen. Mehrmals hatte ich's versucht, aber es ging nicht. Dabei war das Wasser in der Vase schon vergammelt, trüb und fies, einige Blüten hingen abgeknickt nach unten, andere waren so weit aufgeblüht, dass sie ihre Blütenblätter herabregnen ließen, und viele der vorher saftig grün glänzenden Blätter schrumpelten grau geworden vor sich hin. Das sah alles einfach nur furchtbar aus…

Ganz im Ernst, der vergammelnde Rosenstrauß war auf brutale Weise das perfekte Abbild meiner geplatzten Hoffnungen. Meiner Hoffnungen auf Dominik, auf Liebe, auf Glück. Darauf, nicht immer die komische, verschrobene Loser-Annette zu sein, die eh keinen Kerl abkriegt und deren einzige Chance im Leben die alles kaschierende Anwaltsrobe ist. Oder jetzt mal so richtig auf Deutschlehrer-Talk: »Einst ein Sinnbild von Hoffnung, Leben und Liebe, siechten die Rosen nun ihrem unausweichlichen Ende entgegen und waren nur noch ein Symbol für den Tod.« Und so was mitten in meinem Zimmer, auf dem Tischchen zwischen den Sitzsäcken! Schauder.

Jetzt kann man sicher nachvollziehen, warum ich dem Vorschlag meiner Mutter gleich zugestimmt hatte und nun tagsüber in ihrem Salon rumhing. Dabei war das ein ganz schön abgespactes Arrangement. Ich lümmelte mich zum Beispiel auf einem super bequemem Stuhl, in dem die Kundinnen sonst ihre Gesichtspflege erhalten, und las in meinem Geschichtsbuch. Darin ging es gerade um Pest und Krieg und entvölkerte Landstriche… Nicht sehr aufbauend. Oder ich saß mit meinem Mathebuch am Nagelpflegetischchen im selben Raum und hatte dabei die Füße in einem wild blubbernden Fußwhirlpool mit Aromaölen. Das war schon besser. Wieder stellte ich fest, was Mathematik doch für eine nervenberuhigende Sache ist: Die Zahlen und Formeln sind nämlich 100 Prozent gefühlsneutral. Rein, klar, übersichtlich. Keine Jungs, keine Ex-beste-Freundinnen …

Man darf es keinem erzählen, aber ich fand in meinem Zustand Mathe so angenehm, dass ich alle Aufgaben im Mathebuch löste. Auch die, die wir gar nicht aufhatten. Und auch die vom ganzen letzten Halbjahr. Auweia. Annette, der Supernerd.

Am abgefahrendsten waren allerdings die Gespräche, die ich da im Salon mitkriegte. Ich denke mal, meiner Mutter war nicht klar, wie hellhörig ihr Laden ist, sonst hätte sie mich nie mitgenommen. Außerdem war sie sicher daran gewöhnt, meist mit der Kundin allein zu sein. Jedenfalls schien sie nicht zu wissen, dass ich alles mitbekam, was da abging. Ich brauchte nur mein Ohr an die dünne Zwischenwand zu legen und verstand fast jedes Wort, das nebenan gesprochen wurde.

Meistens redeten nur die Kundinnen und meine Mutter machte an passenden Stellen freundliche, aufmunternde Zwischenbemerkungen wie: »So was aber auch!«, »Mir geht's genauso …« oder »Ja, so sind sie nun mal …«. Die Kundinnen jammerten über ihre langweiligen Ehemänner, gaben an mit ihrer letzten Urlaubsreise oder beklagten sich über ihre Kinder. Ein Fall der letzten Sorte war besonders interessant. Eine Mutter beschwerte sich bitter über ihre Tochter, die wohl in meinem Alter ist: »Die hat nichts anderes im Kopf als Klamotten, Jungs und Partys. In der Schule schreibt sie eine Fünf nach der anderen. Sie wird sitzen bleiben! Aber das ist ihr völlig egal. ›Ich brauch kein Abi, ich werd eh Model‹, sagt sie immer. – Ach, ich bin schon völlig runter mit den Nerven!«

Auch bei dieser Story machte meine Mutter nur die üblichen Bemerkungen, anstatt mich mal als leuchtendes Gegenbeispiel zu erwähnen. Auf der anderen Seite wäre das sicher nicht gut für's Geschäft, vor Kundinnen mit dem eigenen, fleißigen Kind dickezutun. Ich überlegte trotzdem, wie ich meine Mutter mal bei passender Gelegenheit diskret darauf hinweisen könnte, was sie für ein Glück mit mir hat! Offiziell krankgeschrieben, lernte ich den ganzen Tag, und das vollkommen freiwillig! Ob ihr das überhaupt bewusst war? Oder wünschte sie sich insgeheim so eine Klamotten-Jungs-und-Model-Tochter?? Hoffentlich nicht. Vom Zurechtmachen war jedenfalls zwischen uns keine Rede mehr. Immerhin.

Also bis jetzt hört sich das ja alles so weit ziemlich harmlos an, was ich da in den Tagen nach der Dominik-Katastrophe und meinem Fahrradschuppen-Abenteuer so machte. Aber harmlos war das nur äußerlich. Innerlich ging es mir total dreckig. Der Schmerz um die geplatzten Hoffnungen auf Dominik wummerte die ganze Zeit im Hintergrund, wie Kopfschmerzen bei einer schlimmen Grippe. Immer da, immer quälend. Aber irgendwie gewöhnt man sich dran. Darüber legte sich der Schmerz um meine verlorene beste Freundin. Der war eher wie böse Zahnschmerzen bei einem tiefen Loch im Backenzahn: Auch immer da, aber in ständigen, unberechenbaren Wellen wurde er heftiger, schrill und giftig, dass es mir fast vor den Augen flimmerte. Bei jedem Gedanken an die Schule: Pia. Denn da waren wir ja immer zusammen gewesen. Wenn ich was Interessantes sah oder hörte: Pia. Denn ihr hatte ich so was immer sofort erzählt. Beim Anblick des Poesiealbums: Pia. Denn es war ja von ihrer Großmutter und wir hatten so viel Spaß damit gehabt. Ich hatte das Poesiealbum zwar sofort unter den Kleiderschrank gepfeffert, nachdem ich nach dem Restaurantbesuch mit meiner Mutter nach Hause gekommen war, aber das half auch nicht. Es schien fast zu leuchten, da unterm Schrank… Kurz: Ich musste ständig an Pia denken. Wie sollte ich nur leben ohne sie?

Als ich einmal spät abends in der Küche saß, weil ich eh nicht schlafen konnte, und außerdem mal geguckt hatte, was es so im Kühlschrank gab – nichts außer einem Glas Silberzwiebeln, igitt! –, erkannte ich mit einem Mal, warum der Schmerz um Pia heftiger war als der um Dominik. Mit Pia hatte ich ja was verloren, was Wichtiges und Großes, mit Dominik hatte ich nur etwas nicht gekriegt, was ich auch vorher schon nicht gehabt hatte. Also der Verlust, der war bei Pia einfach viel größer. Gigantisch geradezu. Wir waren beste Freundinnen seit… Ich musste überlegen, seit wann. Seit wir uns mit fünf Jahren in einem Schwimmkurs kennengelernt hatten. Die Schwimmlehrerin war total streng und wir hatten alle Schiss vor ihr. Alle außer Pia. Die streckte der Schwimmlehrerin nämlich immer die Zunge raus. Und dann grinste Pia mich an und gab mir von ihren Lakritzschnecken ab. Von da an ging ich gern zum Schwimmkurs. Im Ernst, ohne Pia hätte ich den Kurs garantiert nicht weitergemacht und könnte wohl bis heute nicht schwimmen. So eine ist Pia.

Und in dem Moment, allein am nächtlichen Küchentisch, vor einem angebrochenen Glas mit fiesen Silberzwiebeln, musste ich mal wieder heulen. Aber nicht um Dominik. Sondern um Pia.

Das muss unabsichtlich ziemlich laut geworden sein, denn irgendwann stand meine Mutter bei mir und streichelte mir über den Kopf. Keine Fragen. Stattdessen holte sie den vergammelten Rosenstrauß und hielt ihn fragend über den Mülleimer. Was wusste sie darüber? Ach, egal… Ich brauchte nur zu nicken. Sie steckte die Rosen ganz tief hinein. Und dann hielt sie mit genauso fragendem Blick das Poesiealbum über den Mülleimer. Wie hatte sie das unterm Kleiderschrank gefunden? Auch egal … Wieder brauchte ich nur zu nicken. Und das Album landete ebenso im Müll. Danach machte meine Mutter mir eine Wärmflasche – die dritte Wärmflasche, die mir diese Woche jemand machte – und steckte mich ins Bett. Endlich war ich in einem Zimmer ohne Rosen und ohne Poesiealbum. Endlich konnte ich einschlafen.

Der nächste Tag war Freitag und mir grauste vor dem Wochenende. Wie sollte ich das nur überstehen? Dazu war es kein normales Wochenende, sondern Karneval und am Samstag würde die legendäre Fete an unserer Schule stattfinden. Ohne mich natürlich. Und Nina würde sich an Dominik ranmachen … Ohne mich natürlich. Und Pia würde bestimmt mit ihrem Ole tanzen und glücklich sein … Ohne mich natürlich.

Ich überlegte, was ich das ganze Wochenende über tun könnte, um mich bloß von solchen Gedanken abzulenken. Aber außer »meinen Vater besuchen« fiel mir nichts ein. Falls der überhaupt schon zurück war aus Belgien. Ich konnte auch nicht irgendwo in der Stadt rumlaufen, ins Kino gehen oder so, denn die Stadt war seit gestern, also seit Weiberfastnacht, fest in der Hand der Karnevalsverrückten. Selbst im Salon meiner Mutter war Karneval allgegenwärtig, denn die meisten Kundinnen ließen sich für die Kostüme schminken, in denen sie auf Bälle und Sitzungen gehen würden. Ich war ja nie wirklich dabei, sah aber einige sehr überzeugende Vampirfrauen, Piratinnen und Prinzessinnen, die nach erfolgreicher Sitzung den Salon verließen und am Fenster meiner Behandlungskabine vorbeiliefen. Am besten waren die Vampirfrauen. Gruselig, aber trotzdem schön. Meine Mutter hatte wirklich Talent!

Am selben Fenster stand ich auch, als ich am Freitagmittag ein bekanntes Gesicht auf den Salon zukommen sah. Frau Gessler, die Anwältin und meine zukünftige Schülerpraktikums-Arbeitgeberin! Schnell zog ich mich hinter die Gardine zurück. Nicht dass die sieht, dass ich nicht in der Schule bin! Ich fühlte mich auch absolut nicht in der Lage, mit irgendwem locker zu quatschen. Also besser nicht gesehen werden. Ich hatte gerade meiner Mutter gesagt, dass ich eine halbe Stunde weg sein würde, um beim Bäcker für uns was zum Mittagessen zu holen. Ich hatte sogar schon meine Jacke an. Aber jetzt zögerte ich. Peinlich, aber wahr: Ich war neugierig, ob meine Mutter auch bei meiner zukünftigen Praktikums-Chefin nur mit ihrem üblichen »So was aber auch!« antworten würde. Oder ob sie auch über anderes reden würde. Über ihre Tochter zum Beispiel … Ich legte also mein Ohr an die Zwischenwand. Und bald stellte ich fest, nicht immer gilt:

Der Lauscher an der Wand
hört seine eig'ne Schand'.

19. Kapitel

Im Gegenteil. Frau Gessler schwärmte glatt von mir. »Tolles Mädchen, deine Tochter! So selbstbewusst, hört aufmerksam zu und stellt verdammt schlaue Fragen!«

Ich dachte, ich höre nicht richtig. Bin *ich* das? Muss wohl sein, denn meine Mutter hat meines Wissens nur eine Tochter. Ich wirke selbstbewusst? Annette-Supernerd stellt schlaue Fragen?? Und seit wann duzt meine Mutter sich mit ihren Kundinnen? Die beiden sind offenbar richtig befreundet! War mir gar nicht klar. Ich drückte mein Ohr noch fester gegen die dünne Wand, um bloß nichts zu verpassen.

Leider plauderten die beiden dann erst mal eine ganze Weile über alles Mögliche, vom Wetter über Karneval bis zu den horrenden Strompreisen, während meine Mutter ihrer Freundin Susanne eine Reinigungsmaske auflegte. Das hörte ich natürlich nicht, aber Susanne Gessler bat darum. Während die Maske einwirkte, hörte ich das Surren eines Maschinchens zur Fußpflege und ich konnte darum nicht verstehen, worum es ging. Aber das lustige Plaudern und noch mehr das Kichern und Lachen zwischendurch hörte sich genauso an, wie wenn Pia und ich zusammen Spaß haben. Auch wenn wir uns dabei nicht die Füße verschönern. – Oh. Korrektur. Es muss heißen: Es hörte sich genauso an, wie wenn Pia und ich zusammen Spaß *hatten*. Denn das ist ja vorbei.

Wieder spürte ich dieses krampfige Gefühl ums Herz. Ich habe keine Freundin mehr, mit der ich so lachen kann wie die beiden da nebenan … Tränen stiegen mir in die Augen. Ich musste schlucken. In dem Moment ebbte das Gekicher nebenan etwas ab, was ein Segen war, sonst hätte ich vor Neid und Frust noch richtig laut losgeflennt und sie hätten mich gehört.

Das Fußpflegemaschinchen verstummte und ich konnte wieder klar und deutlich hören, was die beiden sprachen. Und als ich das hörte, fiel ich fast in den inzwischen kalt gewordenen Fußwhirlpool, der noch neben mir stand, so sehr haute mich das um …

»Also ich mache mir wirklich Sorgen um sie …«, sagte meine Mutter in plötzlich sehr ernstem Ton.

»Warum?«, fragte Susanne Gessler.

»Irgendwas ist da passiert, letzten Montag …«

Ja, allerdings!, dachte ich bitter. Am letzten Montag sind alle meine Hoffnungen gegen die Wand gefahren, ich hab mich vor der ganzen Schule zum Affen gemacht und meine beste Freundin verloren.

Meine Mutter sprach weiter: »Am Wochenende davor war sie noch richtig gut drauf und dann musste ich am Montagmorgen ja plötzlich weg, um diese Fortbildung zu leiten in Wuppertal …«

»Ja, das ist immer grauenhaft, wenn man plötzlich die Kinder allein lassen muss …«, meinte Susanne Gessler mitfühlend. Offenbar hatte sie auch Kinder.

»Ich hab ein total schlechtes Gewissen, weil mir nichts aufgefallen ist. Bis plötzlich am Dienstagvormittag ihre beste Freundin Pia bei uns im Seminarraum stand!«

In Wuppertal? Pia war in Wuppertal?? Ich glaub, ich hör nicht richtig.

»In Wuppertal?«, fragte da auch Susanne Gessler verblüfft. Was machte die denn da?« Genau diese Frage stellte ich mir auch, mit mindestens ebenso großer Verblüffung. Ich war total baff.

»Pia meinte, sie müsse dringend mit mir reden. Die wirkte so durch den Wind, dass ich die Fortbildung für 'ne halbe Stunde unterbrochen hab.«

Das war ja unglaublich! Vor Spannung hätte ich mir am liebsten die Fingernägel bis zu den Ellenbogen abgefressen, aber ich musste mich darauf konzentrieren, das Ohr weiter fest an die Wand zu drücken, damit ich bloß kein Wort verpasste.

»Ist das zu heiß?«

Ich hätte wegen dieser Unterbrechung loskreischen können, denn nun ging es tatsächlich erst mal ausgiebig um die Temperatur einer Gesichtskompresse! Urgh!!

»Nein, alles prima. Und wie ging's weiter?«

Na endlich!

»Pia wollte nicht wirklich sagen, was passiert war. Weil sie nicht wusste, ob Annette das recht wäre. Aber auf jeden Fall haben die beiden sich zerstritten und Pia sagte immer wieder, das wäre zu 100 Prozent und ganz allein ihre, also Pias Schuld. Und dass Annette davon so kopflos war, dass sie am Montagabend aus dem Haus ist, ohne ihren Hausschlüssel mitzunehmen …«

»Das ist doch schon öfter passiert, oder?«

Ach nee, meine Mutter erzählt das auch noch rum!

»Na ja, ein, zwei Mal …« Immerhin ist sie ehrlich und benutzt hier nicht, wie mir gegenüber, das Wort »immer«: »Du vergisst ja *immer* deinen Schlüssel!«

Meine Mutter fuhr fort: »Mein kleines Mädchen hatte sich ausgesperrt und ich war Hunderte Kilometer von zu Hause weg! Ich könnte mir den Kopf gegen die Wand hauen vor schlechtem Gewissen!«

Bitte nicht gegen diese Wand, gegen die ich grad mein heißes Ohr drücke!, dachte ich einen Moment erschrocken. Aber sie hatte es zum Glück nur rhetorisch gemeint.

»Och, komm«, tröstete Susanne Gessler meine Mutter. »Annette hat sicher gewusst, was zu tun ist…«

»Na ja, wie man's nimmt. Sie hat sich jedenfalls nicht getraut, mich anzurufen, das macht mich am meisten fertig! Stattdessen hat sie versucht, die Nacht in unserem Hof zu verbringen, in einem ungeheizten Fahrradschuppen!«

»Wahnsinn«, meinte Susanne mit einer Spur von Bewunderung in der Stimme. »Genauso hätte ich sie eingeschätzt: selbstständig, unabhängig und absolut nicht zimperlich.«

So kann man meine Session im Fahrradschuppen auch sehen, dachte ich überrascht. Aber woher zum Teufel weiß Pia das alles??

»Woher wusste denn diese Pia davon?« Wieder sprach Susanne meine brennendste Frage aus.

»Sie hat einen Klassenkameraden dazu gebracht, spät abends nach ihr zu sehen. Pia war so besorgt gewesen, weil Annette nach ihrem Streit nicht aufmachte, nicht ans Telefon ging und alle Lichter in der Wohnung aus waren.«

»Diese Pia scheint mir aber auch ein durch und durch vernünftiges und tatkräftiges Mädchen zu sein«, kommentierte Susanne und schrie plötzlich: »Autsch!«

»Schon vorbei«, antwortete meine Mutter.

Sie waren also bei der Beinenthaarung mit Wachsstreifen angelangt.

»Absolut tatkräftig. Als Pia wusste, dass Annette zwar in Sicherheit ist bei dem Klassenkameraden, aber immer noch nicht in die Wohnung kann, hat sie beschlossen, am nächsten

Morgen die Schule zu schwänzen, mit dem Zug nach Wuppertal zu fahren und mich im Hotel zu suchen. Sie wusste nur, dass ich in Wuppertal war, im Hotel Dürer, mehr nicht. Nicht die Adresse, nicht meine Handynummer.«

»Autsch!«

»Schon vorbei. – Wie gesagt, Dienstagvormittag steht da plötzlich Pia vor mir und rät mir, dass ich so schnell wie möglich nach Hause kommen und dort kein Wort verlieren soll über den Schlüssel. Einfach nur lieb sein soll ich zu Annette, das hat sie mir richtig eingeschärft.«

»Und genauso hast du's gemacht?«

»Genauso.«

»Autsch!«

»Schon vorbei.«

»Und geht es Annette jetzt besser?«

»Ich glaube nicht«, seufzte meine Mutter. »Aber was weiß ich schon? Ich hab wohl echt den Draht verloren zu meiner Tochter …«

20. Kapitel

Eine Weile herrschte außer »Autsch« und »Schon vorbei« nebenan Stille. Zum Glück, denn in meinem Kopf rauschte es so, dass ich da drin keine weiteren Informationen hätte verarbeiten können. Ich war völlig platt. Was Pia alles für mich getan hatte! Malte engagiert, um mich nachts zu suchen. Die Schule geschwänzt. Mit dem Zug in eine unbekannte Stadt gefahren. Meine Mutter da gefunden und ihr knallhart gesagt, was sie machen soll. Dabei nichts von Dominik erzählt, um mich nicht bloßzustellen … Wahnsinn! Wenn das keine echte Freundschaft ist, dann weiß ich's nicht.

Doch dem gegenüber stand der Vertrauensbruch: Zwei Jahre lang hatte sie am Valentinstag heimlich eine Rose auf meinen Tisch gelegt und so getan, als sei sie von einem Verehrer. Und dieses Jahr dann den ganzen Strauß und tagelang diese Show, als wüsste sie auch nicht, von wem der ist …

Ich wartete darauf, wieder so wütend zu werden, wie ich vorher gewesen war angesichts dieser Taten. Aber irgendwie verweigerte die Wut ihren Dienst. Ich dachte nur an Pia, wie sie nach Wuppertal fährt und meine Mutter sucht.

Und dann dachte ich plötzlich an das Poesiealbum, das bei uns zu Hause im Mülleimer lag. Umgeben von fettigen Butterpapieren und kaltem Kaffeesatz. Diese Vorstellung war mir mit einem Mal so schrecklich, dass ich meine Jacke packte und so schnell ich konnte aus der Behandlungskabine und aus dem Salon schlüpfte. Dann rannte ich wie eine Irre zu uns nach Hause, hatte den Wohnungsschlüssel schon griffbereit – ja, ich dachte jetzt an meinen Schlüssel! – und wollte schon unser Treppenhaus hochstürmen, als ich im Hof das Gepolter der Müllabfuhr hörte. Müllabfuhr?? Ja klar, es war Freitag, da kommt die Müllabfuhr! Und wir hatten morgens noch allen Müll in die Tonne gebracht! Panik!!

Ich wetzte in den Hof, wo muntere Männer in orangen Anzügen die Mülltonnen nach draußen zum Müllfahrzeug brachten. Ich rannte zwischen ihnen hin und her, um die Tonne mit unserem Namenskürzel zu finden. Das war natürlich ein Fest für die Müllmänner: Ein Mädchen mit hochrotem Kopf wuselt kopflos zwischen ihnen herum und brüllt dabei: »Bee Oh! Wo ist Bee Oh?« Da war die Tonne mit den großen Buchstaben B und O wie BOrgmann!! Gerade hoben zwei Müllmänner sie hoch und hakten sie ein in die Verankerung der Kippvorrichtung. Ich warf mich auf die Tonne, die in diesem Moment schon in die Höhe ging – so schnell konnten die Jungs ihre Arbeitsroutine nicht unterbrechen –, und ich wurde ebenfalls in die Höhe gehoben. Einen halben Meter zumindest, dann stoppte der rechte Müllmann den Ablauf, die Tonne blieb auf dem Weg nach oben stehen, ich rutschte runter von der fettigen Tonne und knallte auf meinen Hintern.

»Hoppla!«, sagte der rechte Müllmann. »Na, zum Glück biste ja weich gefallen!«, sagte der linke.

Der Kerl sagte das gar nicht unfreundlich, sondern zwinkerte nett und hievte die Tonne aus der Halterung, aber ich fand die Bemerkung über meinen dicken Po schon verdammt unverschämt.

»Hier, da kannste in Ruhe die Liebesbriefe wieder raussuchen.« Der Müllmann stellte mir die Tonne an die Seite.

»Hast Zeit, bis wir mit den anderen Tonnen fertig sind.« Das Müllteam grüßte routiniert, also so »Hand an orange Kappe«, und machte sich wieder an die Arbeit. Und ich stammelte perplex: »Welche Liebesbriefe?«

Einer sah mich kaugummikauend an und meinte cool: »Püppi, wir sind Profis. Wenn eine Frau so hinter ihrem Müll herspringt, dann hat sie am Abend vorher die Briefe von ihrem Lover da reingeschmissen und es sich dann plötzlich noch mal anders überlegt.« Die Jungs von der Müllabfuhr lachten wohlwollend, aber es ärgerte mich tierisch! Püppi nannte der mich!

Und so hörte ich mich zu meiner eigenen Überraschung ruhig und deutlich sagen: »Dann müssen die Profis mal was dazulernen. A) Ich bin nicht Püppi und B) ich springe hier hinter Literatur her, hinter einem antiken Poesiealbum, das versehentlich in den Müll geraten ist.« Na, ist das schlagfertig oder ist das schlagfertig?? Und die Müllmänner wussten ja nicht, dass das Poesiealbum gar nicht versehentlich in den Müll geraten war …

Jedenfalls hielten sie alle brav die Klappe und tauschten nur noch ein paar verunsicherte Blicke. Ich hing derweil schon kopfüber in der Tonne und wühlte im Müll. Wie ich aussah, war mir völlig egal, ich brauchte das Album!! Und da war es! Wie erwartet fettig und voller Kaffeesatz und dazu noch mit angegammeltem Sahnehering beschmiert. Aber egal, ein Triumphschrei entfuhr mir, und als ich das Album wie eine Formel-1-Trophäe in die Luft hielt, klatschten die Müllmänner Beifall. Dann leerten sie unsere Tonne und rumpelten mit dem dicken Fahrzeug weiter.

Ich stand also nun auf der Straße und drückte das dreckige Album wie einen Schatz an meine Brust. Erst jetzt fiel mir auf, dass sich eine ganze Menge Zuschauer um mich gesellt hatte.

Aber mir war das vollkommen schnurzfurzegal. Früher wäre ich in so einer Situation gestorben vor Peinlichkeit. Aber jetzt? Jetzt nickte ich den Leuten locker zu und schnippte den Kaffeesatz vom Album. Die Leute verzogen sich. Bis auf eine ältere Dame. Die sah auf das Album und sagte verträumt: »Ach ja, so eins hatte ich auch mal… Bis ich mich mit meiner besten Freundin verkracht hab und das Album weggeschmissen hab…«

Ich lächelte etwas irritiert und ging ins Haus.

Dort hatte ich dann doch das starke Bedürfnis, mich erst mal zu waschen und umzuziehen. Und als ich dann, selbst wieder sauber, das Buch mit Reinigungsspiritus entfettet und entsahneheringt hatte, setzte ich mich damit an den Küchentisch. Was jetzt? Das Buch war zwar gerettet, aber meine Freundschaft zu Pia, die war weiterhin in der Mülltonne. Sollte ich sie kontaktieren? Wann? Wie? Traute ich mich das?? Was sollte ich sagen? Ein klarer Fall für das Poesiealbum-Orakel!

Ich schloss die Augen und mit vor Aufregung zitternden Händen blätterte ich im Album, suchte lange eine Seite und ließ meinen Finger auf das Papier sinken. Augen auf…

Glücklich ist, wer vergisst,
was nicht mehr zu ändern ist.

Umpf. Blöder Spruch. Ich wollte nichts vergessen, und ich wollte unbedingt was ändern, und zwar den jetzigen Zustand meiner Freundschaft zu Pia! Also schnell eine weitere Runde Poesie-Roulette…

Werde glücklich, werde froh,
wie der Mops im Paletot.
Unsre Freundschaft endet nicht,
eh' der Mops Französisch spricht!

Hmmm, schon besser. Der Mops war natürlich der Mops-Terrier von Malte. Und meines Wissens konnte der kein Französisch. Oder doch? Ohne lang nachzudenken, schnappte ich mir mein Handy und wählte Maltes Nummer. Die hatte ich, weil wir letzten Herbst während der Projektwoche in derselben Bio-AG gewesen waren und unsere Gruppe sich immer zum Farne-und-Moose-Sammeln im Grüngürtel verabreden musste. Und zack, es hatte kaum einmal geklingelt, da meldete sich Malte.

»Annette!«

In dem einen Wort lag so viel Überraschung und Freude, dass ich ganz platt war und dann ganz durcheinander. So konnte ich nur »Öh, ja, Annette hier« sagen. Wahnsinnig geistreich. Dann entstand eine seltsame Pause. Und dann sprachen wir beide gleichzeitig.

Ich sagte: »Dein Into, kann der irgendwelche Fremdsprachen?« Und Malte sagte zur selben Zeit: »Wo bist du? Wie geht es dir?«

Wir lachten beide etwas dämlich und es dauerte noch ein paar Versuche, bis einer *nach* dem anderen seine Frage stellte. Malte schien sich nicht zu wundern über meine beknackte Frage nach den Fremdsprachenkenntnissen des Mops-Terriers, sondern meinte ganz sachlich: »Seine Besitzer haben ihm wohl mal ›Sit‹ und ›Down‹ beigebracht, weil sie das cooler fanden als ›Sitz‹ und ›Platz‹, aber hören tut er nur, wenn man Deutsch mit ihm spricht.«

Ich meinerseits murmelte etwas Nichtssagendes im Sinne von: »Bin zu Hause, geht ganz gut«, und legte auf. Komisch, ich hatte Herzklopfen. Das Gespräch hatte mich irgendwie total nervös gemacht. Und das, wo ich kurz vorher noch lässig mit einem ganzen Trupp frecher Müllmänner fertig geworden war! Ein ärgerlicher Rückfall.

Nervös ging's dann gleich weiter, denn ich stellte mir die Frage, was ich jetzt machen sollte. Hinsichtlich Pia. Einfach anrufen? Das traute ich mich nicht. Was sollte ich denn auch sagen? Ich wollte sie wiederhaben, klar, aber gleichzeitig war ich auch noch verletzt und diese Gefühlsmischung verhinderte jeden klaren Gedanken. Also nahm ich wieder das Poesiealbum-Orakel zu Hilfe.

Zwei Täublein, die sich küssen,
die nichts von Falschheit wissen,
so liebevoll und rein
soll unsre Freundschaft sein.

Aua. Das war ja nun wohl kompletter Schwachsinn. Ich muss echt aufhören mit dem Poesiealbum-Orakel! In dem Moment klingelte mein Handy. Pia!

Aber nein. Umpf, umpf und noch mal umpf. Es war meine Mutter.

21. Kapitel

»Mensch Kind, wo bleibst du denn? Ich dachte, du holst nur was vom Bäcker!«

»Sorry, äh, ja, ich musste plötzlich dringend nach Hause.«

»Ist alles o. k.?« Sie hörte sich ziemlich besorgt an.

»Ja, alles bestens.«

»Kommst du denn noch mit dem Essen? Oder soll ich mir selbst was holen?«

Jetzt musste ich schnell entscheiden. Gehe ich zurück in den Salon oder … Oder was? Das wusste ich selbst nicht. Ich druckste also eine Weile blöd rum am Telefon und meine Mutter wurde immer besorgter.

»Du hast doch was, Nettchen, soll ich vielleicht nach Hause kommen?«

»Nein!«, schrie ich. Das wollte ich auf keinen Fall, zu viel Gefahr, dass ich ihr dann zu viel erzähle, emotional aufgewühlt, wie ich war. Also sagte ich schnell: »Ich fahr gleich mal zu Papa. Der ist ja sicher zurück aus Belgien.«

»O. k., dann bin ich beruhigt. Bis heute Abend dann!«

Als ich kurz darauf am Flussufer in die Pedale trat, stellte ich fest, dass es eine gute Idee gewesen war, zu meinem Vater zu fahren. Erst mal tat mir die frische Luft gut und zum Zweiten stellt mein Vater keine Fragen, ist ruhig und freundlich und hat immer was Lustiges zu erzählen. Die ideale Ablenkung, wenn man in einer Sache durch Grübeln nicht weiterkommt. Zur Sicherheit hatte ich diesmal vorher angerufen, ob er auch da war. Im Ernst, ich hatte meine Dosis von Vor-geschlossenen-Türen-Stehen für dieses Jahr wirklich schon bekommen. Dabei war's gerade mal Februar!

Bei meinem Vater war es dann richtig nett. Er hatte ein paar echt interessante Sachen gekauft auf der Antiquitätenmesse in Belgien. Darunter war ein auf den ersten Blick ziemlich unscheinbarer Schreibtisch, der dann aber sieben verschiedene Geheimfächer hatte. Und in denen befanden sich die Liebesbriefe der sieben Lover seiner ehemaligen Besitzerin. Alle in verschlungener Schrift auf Flämisch und Französisch geschrieben in den Jahren 1880 bis 1910! Der Schreibtisch war ein Paradebeispiel für alles, was mein Vater in Wahrheit gar nicht verkaufen, sondern selbst behalten will. Er hatte schon an die 30 der französischen Liebesbriefe mithilfe eines Vergrößerungsglases entziffert, denn Französisch kann mein Vater fließend. Er bot an, mir die innigsten Liebesschwüre vorzulesen und bei Bedarf zu übersetzen, aber das Projekt konnte ich zum Glück abwimmeln. Liebesschwüre auf Französisch, das hätte in meinem jetzigen Zustand hundertprozentig zu Heulattacken geführt!

Ich beschäftigte mich lieber mit den drei Puppenhäusern, die er auch erstanden hatte: eins von 1892, eins von 1924 und eins von 1957. Damit hätte ich stundenlang spielen können! Wenn ich auch als Kind nicht der Barbietyp war, Puppenhäuser und ihre Miniaturwelt haben mich immer fasziniert. Ich musste mich dann aber davon losreißen, denn mein Vater hatte Kaffee gemacht und wünschte sich ein Schwätzchen. Den Kaffee servierte er mit ein paar nicht mehr ganz frischen Keksen. Oder um ehrlich zu sein, mit uralten Keksen. Ein typisches Phänomen bei meinem Vater. Mit Haushalt hat er's einfach nicht so und Lebensmittel sind bei ihm meistens etwas angegammelt. Oder gar nicht erst vorhanden. Wie zum Beispiel die belgischen Pralinen, die er mir versprochen hatte. Er hatte sie vergessen. Auch absolut typisch für ihn, denn auch mit Zuverlässigkeit hat er's nicht so. Nicht nur was Pralinen angeht, auch sonst verspricht er eine Menge und hält nur selten was. Das ist nie böse gemeint, er ist einfach schusselig. Meine Mutter ist damit nicht klargekommen. Aber wenn man, wie ich, seine Macken akzeptiert, kommt man super mit ihm aus. – O. k., ich gebe zu, ein bisschen enttäuscht war ich schon, dass er die Pralinen vergessen hatte …

Ich hielt mich die ganze Zeit über wacker und vermied alle heiklen Themen wie Pia und Rosen und Schule und Karneval, stattdessen erzählte ich von Frau Gessler und meinem Praktikumsplatz. Und von meinem Antrag bei der Schulverwaltung für einen größeren Fahrradschuppen. Mein Vater war sichtlich beeindruckt, von beidem. Mann, tat das gut!

Es war schon nach acht Uhr abends, als ich mich auf den Heimweg machte. Super, dachte ich, der leidige Freitag ist schon fast rum. Zum Abschied schenkte mir mein Vater dann doch noch Pralinen. Die hatte er noch schnell an der Tankstelle gekauft, als Ersatz für die versprochenen belgischen. Dann hatte er, wie es seine Art ist, alles total nett in einem kleinen, alten Körbchen arrangiert, zusammen mit zwei antiken Porzellantauben. Die waren vielleicht etwas kitschig, aber trotzdem schön und außerdem richtig wertvoll. Das alles verpackte er super penibel in Zeitungspapier und einen Pappkarton und ich radelte wie auf rohen Eiern nach Hause, damit bloß nichts vom Gepäckträger fiel.

Beim Radeln dachte ich weiter über die Macken meines Vaters nach. Und wie einfach man damit klarkommt, wenn man sie einfach so hinnimmt. Ein schöner warmer Gedanke. Ich fühlte mich richtig cool und erwachsen. Bis mir einfiel, dass ich ja auch die Macken meiner Mutter einfach so hinnehmen könnte: Schönheitswahn, Schlüsselkontrollzwang, Disziplinneurose. Da bekam ich ein schlechtes Gewissen, weil ich bei ihren Macken längst nicht so cool bin. Und das ist ja irgendwie ziemlich ungerecht… Ich nahm mir vor, in Zukunft nachsichtiger zu sein ihr gegenüber. Ja, auch ein schöner und warmer Gedanke!

Zu Hause kam ich in eine stille und dunkle Wohnung, denn meine Mutter hatte sich schon ins Bett gelegt. Migräne. Ich hatte zum Glück nie Migräne. Manchmal ist es eben auch gut, wenn man seiner schönen Mutter nicht so ähnlich ist. Ich machte ihr noch einen frischen feuchten Lappen für die Stirn und saß dann allein in der Küche. Vor mir stand das Körbchen mit den Tankstellenpralinen und den Porzellantauben. Daneben lag das Poesiealbum. Nein, ich werde es jetzt nicht befragen! Nein, ich habe beschlossen, kein schwachsinniges Poesie-Roulette mehr zu spielen! Ich habe… Ach egal, her mit dem Buch!

Wieder war ich richtig nervös, als ich mit geschlossenen Augen im Poesiealbum blätterte. Während ich blätterte, ließ ich meine Finger dabei langsam über die Seiten fahren und hoffte, sie würden beim richtigen Spruch ausschlagen wie die Wünschelrute eines Wünschelrutengängers, wenn er auf eine Wasserader trifft.

Ich fühlte aber nichts. Nur Papier und ab und zu ein eingeklebtes Glanzbildchen, diese Vorläufermodelle von Stickern. Da gab es welche mit und ohne Glitter, festklebende und halb abgefallene, kitschige und extrem kitschige. Ich versuchte zu erfühlen, was auf den Bildern drauf war, denn die sind ja gestanzt und geprägt. Aber keine Chance… Nach einer halben Ewigkeit nahm ich allen Mut zusammen, legte den Finger irgendwo auf eine Seite, holte tief Luft und öffnete die Augen. Mann, da hatte aber jemand eine Sauklaue gehabt, am 26. April 1954! Es dauerte einen Moment, bis ich's entziffert hatte:

Ein Körbchen voll Rosen, zwei Täubchen dazu,
die Liebste von allen bist nur du.

Meine Kinnlade fiel nach unten, dass sie sicher den Fußboden durchschlagen hätte, wäre sie nicht mit Gelenken an meinem Schädel befestigt gewesen. Denn auf demselben Tisch, nur zwei Zentimeter vom Poesiealbum entfernt, stand ein Körbchen mit zwei Täubchen. Nur die Rosen fehlten. Ich wusste, was ich zu tun hatte.

22. Kapitel

Ich legte meiner Mutter einen Zettel hin, »Bin kurz weg, alles in Ordnung«, packte Körbchen und Täubchen und ein paar Pralinen wieder in den Pappkarton, legte das Poesiealbum obendrauf, steckte – sorgfältig! – den Hausschlüssel ein und verließ unsere Wohnung. Dann strampelte ich wie eine Irre auf dem Fahrrad zum Hauptbahnhof, denn dort ist ein Blumengeschäft, das bis zehn Uhr abends geöffnet hat. Für ein Heidengeld kaufte ich zwölf wunderschöne Rosen. Freilandrosen. Dann strampelte ich zu Pias Haus.

Mist!! Kein Licht an ihrem Fenster!! Jetzt musste ich hoffen und beten, dass sie trotzdem zu Hause war… Aber niemand öffnete auf mein Klingeln. Ich stand mal wieder wie ein Oberblödi vor einer geschlossenen Tür. Und stieß jeden einzelnen Fluch aus, den ich in meiner Muttersprache kannte, dazu dann noch ein paar auf Englisch und Französisch. Kurzer Check meiner Optionen:

A) aufgeben
B) nicht aufgeben

Ich wählte B) und entwickelte einen Plan. Für dessen Durchführung brauchte ich allerdings als Erstes einen dicken Filzstift. Den bekam ich an dem Zeitungskiosk, der zum Glück auch noch geöffnet hatte, schräg gegenüber. Auch für ein Heidengeld. Dann hockte ich mich auf die eiskalte Stufe vor Pias Haustür und packte den Pappkarton aus. Ich arrangierte im Körbchen die Pralinen, die Rosen, die Porzellantauben und steckte zum Schluss das aufgeschlagene Poesiealbum so hinein, dass man den Spruch von Körbchen und Täubchen gleich sehen konnte. Eine Gruppe »Heidewitzka, Herr Kapitän« singender Studenten lief vorüber. Zwei von ihnen waren als Elvis, drei als Nonnen und der Rest als Clowns verkleidet. Sie kicherten und glotzten, als sie mich da sahen. Kein Wunder, denn normalerweise werden Blumen nicht an einem kalten Februarabend um halb elf auf finsteren Straßen vor geschlossenen Haustüren in antiken Körbchen arrangiert. Das Glotzen ging mir jedoch völlig am Steißbein vorbei. Im Ernst, die sollten sich doch selbst an der eigenen Pappnase fassen zum Thema »Seltsam aussehen«! Sie sangen dann auch bald ein anderes Lied – »Schnaps, das war sein letztes Wort« – und zogen weiter.

Als alles fertig war, sah das Körbchen richtig schön aus. Ich stellte es vorsichtig zurück in den Pappkarton, band diesen wieder zu und schrieb mit dem dicken Filzstift »Für Pia« obendrauf. Dann zögerte ich. Sollte ich noch ein Herz dazu malen? Oder war das too much? Egal, ich malte das Herz. Und dann sprang ich auf mein Rad und strampelte mindestens genauso irre wieder nach Hause, wie ich von dort losgefahren war.

Zu Hause herrschte völlige Ruhe. Meine Mutter schlief und hatte meine Abwesenheit gar nicht bemerkt. Ich schaltete kein Licht an, sondern setzte mich im Schummerlicht der Straßenlaterne in einen meiner Sitzsäcke und starrte auf mein Handy. Ich betete, dass Pia sich meldete …

Die Zeit verging. Quälend langsam. Zwischendurch kam ich mir reichlich bescheuert vor und wäre am liebsten zurück zu Pia geradelt, um mein kitschiges Versöhnungsangebot wieder abzuholen. Aber inzwischen war es nicht nur nach Mitternacht, sondern draußen herrschte auch ein Sauwetter, Wind und Schneeregen … Hoffentlich hielt der Pappkarton das aus.

Dann bin ich wohl doch eingeschlafen, denn plötzlich war es laut meinem Handy 1.17 Uhr. Kein Anruf von Pia, keine SMS. Das konnte nur eins heißen: Sie will sich nicht mit mir versöhnen! Schreckliche Bilder stiegen in mir auf, wie sie sich mit ihren Brüdern über das kitschige Körbchen kaputtlacht und die Porzellantauben zerdeppert … Da konnte ich nicht mehr und fing – mal wieder – an zu weinen. Dabei ging mir meine seit Tagen immer wiederkehrende Heulerei selbst am meisten auf die Nerven! Aber ich hatte einfach nicht mehr die Kraft, mich zusammenzureißen.

Ich tappte in den Flur und wollte ins Zimmer meiner Mutter. Ich wollte zu Mama ins Bett und nur noch klein sein und getröstet werden. Doch da … Auf dem Weg durch den Flur hörte ich etwas an der Haustür. Ich erschrak. Einbrecher?? Die Grufti-Nachbarn zurück vom Friedhof? Nein. Eine leise Stimme rief: »Annette!«

Es war Pia!! Ich riss die Tür auf. Dort stand Pia, völlig nass vom Schneeregen, schlotternd vor Kälte und auch total verheult. Ich konnte sie gerade noch in unsere Wohnung ziehen, dann fielen wir uns in die Arme, drückten uns bis zum Atemstillstand und flennten zusammen wie die Schlosshunde. Zwischendurch quasselte sie wirres Zeug über den Valentinstag, die Freilandrosen, warum sie sie mir hingelegt hatte, aus Übermut, nicht nachgedacht, dann die krassen Folgen, Schock und Horror, immer schlimmer, ob ich ihr verzeihen könne, ja klar, sagte ich. Und das meinte ich auch.

Es war wirklich seltsam. Meine Wut auf Pia war vollkommen

weg. Ich war nur noch froh, dass ich sie wiederhatte. Irgendwann tauchte meine Mutter auf und wuselte besorgt um uns herum. Als sie dann aber merkte, dass dies eine glückliche Wiedervereinigung war, grunzte sie nur. Genauso wie ich zu grunzen pflege, wenn ich nicht weiß, was ich sagen soll. Die Macht der Gene ist doch erstaunlich! Meine Mutter verkrümelte sich wieder ins Bett. Sie mag nämlich keine kitschigen Momente, und das hier war einer.

Später hatte *ich* dann zur Abwechslung mal die Gelegenheit, jemandem eine Wärmflasche, einen heißen Kakao und ein Butterbrot zu machen und ihn bzw. sie ins Bett zu stecken. Ich kuschelte mich dazu. Das Einzige, was ich noch wissen wollte, war: »Warum hast du denn vorhin nicht einfach angerufen?«

»Weil ich mein Handy vergessen hatte. Wir waren gerade alle von einer Karnevalsfeier gekommen, die ganze Familie, so um halb zwölf, da stand dein Körbchen vor der Tür. Ich hab keinem gesagt, was drin war, damit mir meine Ma nicht verbietet, noch zu dir zu fahren. Und als alle endlich im Bett waren, bin ich sofort los. Auf dem Fahrrad von meinem Bruder. Das verdammte Teil hatte aber schon nach der ersten Kurve einen Platten. Und da hab ich dann gemerkt, dass mein Handy nicht da war. – Ähem, und mein Hausschlüssel auch nicht …«

»Offenbar ein ansteckendes Leiden«, meinte ich und wir grinsten.

»Jedenfalls hab ich das blöde Fahrrad stehen lassen und bin zu Fuß zu dir gelaufen, und das hat gedauert … Mann, hatte ich zwischendurch Schiss da draußen! Allein unter Karnevalsjecken!«

Ach Pia … Die ist doch einfach nur der Hammer, oder? Wir schliefen ein.

23. Kapitel

Am nächsten Morgen wurde ich wach und spürte noch vorm Augenaufmachen ein großes inneres Glücksgefühl. Und das, obwohl ich einen eiskalten Hintern hatte! Irgendwas war gut… Ein schöner Traum? Nein! Die schöne Wirklichkeit! Ich hatte mich mit Pia versöhnt! Und jetzt schnarchte sie hier in meinem Bett. Und hatte die ganze Decke gebunkert, deshalb mein kalter Hintern. Ich musste Pia darum sofort wach kitzeln und die Decke zurückerobern. Wir lachten und kreischten wie die Dumpfbacken, rauften um die Decke und es war einfach nur wunderbar.

Später saßen wir am Frühstückstisch, mampften frische Brötchen mit Nutella und amüsierten uns königlich über die Schnurrbärte, die uns die Schokopaste bescherte. Wir versuchten, durch ausgefeilte Abbeißtechnik immer größere Bärte hinzubekommen. Sogar meine Mutter machte mit. Sie war echt lockerer geworden, was ihr Aussehen betraf, und hatte nun den größten Ehrgeiz in unserem Nutella-Bart-Contest. Und dass sie überhaupt Nutella aß, so was ganz und gar nicht Gesundes!

Um 20 nach zehn klingelte es an der Tür.

»Ach, die Post«, meinte meine Mutter, »ich muss nur unten aufdrücken.« Also ging meine Mutter ungeschminkt und mit Nutella-Bart an die Tür, drückte den Summer für unten und öffnete die Tür, um den üblichen Ruf »Post!« des Briefträgers zu hören. Nur war es nicht die Post. Jedenfalls nicht die normale. Stattdessen stand ein hübscher junger Mann vom Paketdienst direkt vor unserer Tür und guckte sehr erschrocken, denn er sah drei Damen verschiedenen Alters – zwei davon kamen grad kichernd aus der Küche – mit ausgeprägten braunen Bärten im Gesicht. Meine Mutter war erst wie erstarrt, dann fing auch sie an zu kichern, was sie allerdings zu unterdrücken versuchte. So unterschrieb sie schnell die Empfangsbescheinigung, die der junge Mann ihr reichte, und nahm das große, flache Paket entgegen. Die Wohnungstür war noch nicht einmal richtig zu, als wir drei uns schon krümmten vor Lachen.

»Der arme Paketjunge«, keuchte meine Mutter, als sie wieder einigermaßen sprechen konnte. »Der muss ja denken, hier wohnen drei Irre.«

»Stimmt doch auch!«, meinte Pia. Immer noch lachend öffnete meine Mutter das große Paket.

Ich fragte mich, was der Paketjunge wohl gedacht hätte, wenn er Pias und mein Gesicht jetzt gesehen hätte. Im Paket waren nämlich die Rosenköniginnenkleider, in all ihrer Pracht. Die hatten wir komplett und zu 100 Prozent vergessen! Uns stand derart der Mund offen, dass man uns mit einer Taschenlampe bestimmt bis in den Blinddarm hätte leuchten können.

Doch noch bevor wir unsere Kinnladen wieder in die Waagerechte gebracht hatten, schob meine Mutter uns ins Badezimmer. »Schnuten waschen! Finger waschen! So tolle Kleider fasst man nicht an, wenn Nutella an einem klebt!«

Pia und ich tappten brav ans Waschbecken, wuschen uns besagte Körperteile und tauschten ein paar überforderte Blicke. Denn wir wussten, dass uns eine verdammt schwierige Entscheidung bevorstand. Sollten wir zur Karnevalsfete gehen? Wir? Nach dem, was vorm Zeichensaal passiert war? Und in *diesen* Kleidern?

Die Entscheidung wurde dann aber noch eine Weile hinausgezögert, denn es klingelte wieder. Diesmal war es Pias Mutter, die völlig aufgelöst bei uns vor der Tür stand. Total erleichtert, aber auch verdammt sauer. Denn Pia hatte vergessen, sich am Morgen bei ihren Eltern zu melden und durchzugeben, wo sie war. So hatte das Schicksal seinen tragischen Lauf genommen: Um halb zehn hatte Pias Familie gemerkt, dass A) Pia nicht da war, B) keine Nachricht von ihr vorlag, C) ihr Handy zwar auf ihrem Schreibtisch war, sie es aber nicht einschalten konnten, denn keiner kannte den PIN-Code und so kamen sie nicht an die Nummern von Pias Freunden und fanden D) im Telefonbuch auch nicht die Nummer von mir und meiner Mutter, weil die da nicht drinsteht. So waren alle Familienmitglieder panisch ausgeschwärmt, um Pia zu suchen.

Pias Mutter bekam zur Beruhigung von meiner Mutter erst mal einen Cognac und dann telefonierten wir die ausgeschwärmte Familie wieder zusammen, um Entwarnung zu geben. Pias Vater war zu dem Zeitpunkt schon auf einem Polizeirevier, um eine Vermisstenanzeige aufzugeben …

Pia war angemessen geknickt. Und auch ich dachte mir: Auweia, man muss echt aufpassen mit so was. So eine Familie kriegt ja die Vollkrise, wenn man plötzlich verschwunden ist! Ich befürchtete schon, Pias Mutter würde Pia nun zur Strafe mit nach Hause schleppen und alle Aktivitäten für die nächsten drei Jahre absagen. Aber sie war zum Glück cool.

»Mach das nie wieder!«, drohte sie ihr streng. Pia nickte betroffen. Dann umarmte sie Pia innig. »Ich hatte solche Angst um dich!« Pia lächelte ergriffen und auch ich war richtig gerührt. Und dann brüllte Pias Mutter ihrer Tochter ins Ohr: »Du oberschusselige Obertröte!«

Pias Mutter ging und Pia rieb sich schuldbewusst das vom Brüllen schmerzende Ohr.

In dem Moment hörten wir neben uns einen schrillen Schrei. Denn meine Mutter sah im Garderobenspiegel, dass sie die ganze Zeit über einen kolossalen Nutella-Bart zur Schau gestellt hatte.

Ich konnte mir nicht helfen und brach wieder in Lachen aus. Meine Mutter dagegen war diesmal not amused. Ich musste mir schnell Pia schnappen und mich in mein Zimmer verziehen, um nicht auch noch einen Anbrüller zu riskieren. Mütter sind einfach unberechenbar!

So saßen Pia und ich kurz darauf wieder in meinen Sitzsäcken. Glücklich vereint, aber auch echt überfordert von der Karnevalsfetenfrage.

»Vielleicht…«, begann ich zögernd, »sind deine Eltern so abgetörnt von deinem Verschwinden letzte Nacht, dass sie dir eh nicht erlauben hinzugehen.« Pia und ich tauschten einen Blick. In dem lag bekloppterweise fast so was wie Hoffnung. Wenn Pia nicht zur Karnevalsfete durfte, wäre die Entscheidung gefallen.

Ein kurzer Anruf bei ihr zu Hause ergab jedoch: »Klar darfst du da hin. Wenn wir organisieren, wie ihr sicher nach Hause kommt, ist das kein Problem.« Umpf. Manchmal sind tolerante Eltern einfach nicht das Richtige.

Pia jammerte: »Ich hasse Entscheidungen! Ich kann mich nicht entscheiden! Deshalb hab ich's ja auch nicht geschafft, dir das mit den Rosen zu sagen!« Aber ich blieb ganz cool. Und das war auch mal was Neues. Sonst war immer ich am Jammern und Pia blieb cool.

»Wir machen das systematisch«, sagte ich. »Wir gehen Punkt für Punkt und ganz rational unsere Optionen durch.«

Ich wühlte mich also aus dem Sitzsack, um Papier und Stift

zu holen. Pia sah mich mit einem halb beeindruckten, halb irritierten Gesichtsausdruck an. »Du solltest echt Jura studieren.«

Ich lächelte nur huldvoll, ließ mich wieder in den Sitzsack fallen und notierte:

A) Wir gehen nicht zur Karnevalsfete. – Dann hätten wir die Kleider umsonst ändern lassen, auf Kosten meiner Mutter. Peinlich. Und die Tussen in unserer Klasse würden triumphieren, weil sie glauben, wir hätten endgültig das Handtuch geworfen.
B) Wir gehen zur Karnevalsfete, als Rosenköniginnen. – Aber trauen wir uns das?? Schulterfrei? Vor allen Leuten?? Vor den Tussen? Vor … Dominik???
Es gab mir einen Stich, diesen Namen hinzuschreiben. Wollte ich ihn überhaupt sehen? Jemals wieder? Sollte ich die Schule wechseln?
C) Wir gehen zur Karnevalsfete, aber in irgendeinem unauffälligen Allerweltskostüm, also einfach nur mit Clownshut und roter Nase. – Irgendwie blöd. Nicht Fisch, nicht Fleisch. Auch irgendwie feige. Und die Rosenköniginnenkleider wären trotzdem umsonst ausgeliehen und für uns geändert worden …

»Noch Ideen für D)?«, fragte ich Pia, mehr rhetorisch als ernsthaft.

Doch Pia sagte: »D) ist: Wir befragen das Poesiealbum-Orakel.«

Ich starrte Pia mit großen Augen an. Sie hatte das doch zum Schluss immer bescheuerter gefunden!

»Ich weiß, ich hatte das zum Schluss immer bescheuerter gefunden«, sagte Pia, »aber jetzt haben wir eine Entscheidungs-Extremsituation.« Da fiel uns ein, dass das Poesiealbum bei Pia war, als Teil meines Rosen-Täubchen-Körbchen-Arrangements.

»He, warte mal!«, rief ich und stürmte plötzlich aus dem Zimmer.

»Was wollt ihr denn damit?«, wunderte sich meine Mutter, als sie mir ihr eigenes Poesiealbum gab. Das stammte aus den frühen 80er-Jahren des vorigen Jahrhunderts und war vom Umschlag her etwas poppiger als das von Pias Großmutter, sonst aber ganz ähnlich.

»Och, nur zum Spaß«, sagte ich und verschwand schnell wieder in mein Zimmer. Wenn meine Mutter geahnt hätte, wie ernst wir das Orakel nahmen, dann hätte sie vielleicht nicht so milde gelächelt hinter ihrer hauterfrischenden Gurkenmaske …

Zurück in meinem Zimmer zelebrierten Pia und ich das Poesiealbum-Orakel mit großem Programm. Wir erlaubten uns nicht, vorab schon mal im Album zu blättern, so groß die Neugier auch war. Stattdessen zündete ich eine Kerze an, für mehr Atmosphäre, wir setzten uns in den Sitzsäcken zurecht, warfen eine Münze, wer das Orakel befragen sollte – ich – und dann ging's los … Mit geschlossenen Augen und mit wie blöd zitternden Händen blätterte ich durch das Poesiealbum meiner Mutter, um eine Antwort auf meine zurzeit drängendste Lebensfrage zu bekommen: Gehe ich, Annette, der Supernerd, heute als Rosenkönigin zur Karnevalsfete?

»Ähm, meinst du nicht, das ist hier alles ein ganz schön esoterischer Schwachsinn?«, fragte ich Pia plötzlich. Die hatte auch die Augen geschlossen gehabt und blinzelte nun streng unter einem Lid hervor.

»Ja klar ist es das, aber hast du 'n besseren Vorschlag?« Hatte ich nicht. Pia schloss wieder die Augen. »Wir brauchen eine Entscheidung, und zwar schnell.«

Da hatte sie verdammt recht, denn die Fete begann in weniger als sechs Stunden.

Also riss ich mich zusammen, schob alle Zweifel beiseite, konzentrierte mich auf die Frage und blätterte langsam und bedeutungsvoll im Poesiealbum. Ich legte einen Finger auf eine Seite, holte tief Luft, öffnete die Augen und las:

Nelken, Tulpen, Rosen,
mach nicht in die Hosen.
Du musst deine Ängste dämpfen
und um deine Rechte kämpfen.

Wahnsinn. Wir waren eine ganze Weile sprachlos. Denn der Spruch passte ja wohl wie die Faust in den Fausthandschuh. Also zu 100 Prozent. Und zwischen den 50er- und den 80er-Jahren war im Bereich Poesiealbum-Lyrik offenbar so einiges passiert!

24. Kapitel

Tja, da saßen wir nun und mussten erst mal schlucken. Denn das Ergebnis unserer Orakelbefragung hätte nicht eindeutiger sein können: Wir sollten zur Karnevalsfete, und zwar eisenhart als Rosenköniginnen. Und nicht nur das. Wir sollten uns da sogar amüsieren. »Denn das ist ja unser Recht«, überlegte ich laut. »Jeder hat das Recht, ja geradezu die Pflicht, sich auf einer Karnevalsfete zu amüsieren.«

Pia unterbrach meine schlauen Ausführungen. »Spar dein Geschwalle für dein späteres Studium und probier das Kleid an!« Auweia. Jetzt wurde es ernst.

Kurz darauf hatten wir geduscht, uns die Achseln rasiert – ich sag nur: schulterfrei –, uns eingecremt, die Creme gut einziehen lassen – sonst macht es Flecken, Rat meiner erfahrenen Mutter – und uns geföhnt. O. k., es war nicht wirklich kurz darauf, sondern eine gute Stunde später, aber ernst wurde es trotzdem. Pia und ich stiegen in unsere Kleider. Und wieder kam es zu der unglaublichen Verwandlung vom Durchschnittsteenie zur Dame. Diesmal sogar noch mehr, denn die Kleider passten wie angegossen: Reißverschluss zu, sssst, und… aaahhhh! Kein Kneifen, kein Rutschen, kein Schlottern und kein Klemmen. Einfach nur das sichere Gefühl, was Tolles anzuhaben. Meine Mutter wuselte um uns herum und suchte uns aus ihrer umfangreichen Schuhsammlung was raus. Zum

Glück hatten wir drei dieselbe Schuhgröße und Pia und ich fanden auch bald je ein passendes Paar. Für mich bloß nicht zu hoch, denn ich hatte ja keine Erfahrung mit hohen Schuhen. Schon die paar Zentimeter hier fühlten sich ganz schön ungewohnt an. Danach eröffnete uns meine Mutter, dass wir zu den Kleidern dünne Strumpfhosen bräuchten. Ich fragte, wieso, denn die Kleider waren ja nun bodenlang, selbst die Schuhe sah man kaum! Aber da ließ sie sich auf keine Debatte ein: kein elegantes Kleid ohne passende Strumpfhose! Leider hörte kurz über den Füßen die Ähnlichkeit zwischen mir und meiner Mutter auf – ich bin dicker – und auch zwischen Pia und meiner Mutter – Pia ist größer. Also mussten wir wieder raus aus den Kleidern und rein ins nächste Kaufhaus, um uns dort mit Strumpfhosen in der richtigen Farbe und Größe einzudecken: »Kauft jeweils zwei und nehmt eine mit als Reserve! Falls ihr ’ne Laufmasche kriegt!« Man sieht, meine Mutter ist der absolute Profi, was Schicksein im Abendkleid anging. Und großzügig war sie auch, denn sie gab uns das Geld für die Strumpfhosen. Eine ganze Menge Geld … Ich war platt, was so ein Frauenkram kosten kann!!

Etwas später – und die Uhr tickte! – versuchten Pia und ich, in der Feinstrumpfabteilung des Kaufhauses einen Überblick zu gewinnen. Das war nicht leicht, allein die Abteilung für Strumpfhosen war ungefähr so groß wie 20-mal unser Fahrradschuppen. Wir tappten also etwas kopflos durch die endlosen Reihen mit Tischen und Regalen, Pia links, ich rechts, als mir das Herz in die Hose fiel. Denn da waren sie, nur einen Tisch mit gemusterten Leggings entfernt: die Obertussen. Nina, Michelle und Svea. Sie waren auch völlig überrascht, mich dort zu sehen.

»Was machst du denn hier?«, fragte Nina, wobei sie das »Duuu« endlos in die Länge zog. Also so, wie man einen Grottenolm fragen würde, was er auf der Sonnenbank macht: »Was machst duuu denn hier, du hast ja nicht mal Augen, geschweige denn Hautpigmente, weil du immer im Dunkeln lebst! Du kriegst eh keine Sonnenbräune!« Oder in meinem Fall: »Was machst duuu denn in der Feinstrumpfabteilung, du hast ja nicht mal Schick, geschweige denn Eleganz, weil du die nerdige Annette bist! Du siehst doch eh immer trampelig aus!«

Also genauso klang ihre Frage und ich hätte verdammt was drum gegeben, wenn mir jetzt eine schlagfertige Antwort eingefallen wäre, damit sie alle die Klappe hielten. Aber so sagte ich nur: »Ich such mir mit Pia grad ein paar Strumpfhosen aus, als Masken zum Überziehen, wir wollen nachher noch 'ne Bank überfallen.«

Hey! Das *war* eine schlagfertige Antwort! Und sie hielten die Klappe!

Vorerst.

Michelle, die trotteligste von den dreien, fand als Erste die Sprache wieder und fragte ganz arglos: »Das macht ihr nicht in echt, oder?«

Inzwischen war Pia dazugekommen und hörte mit, was Nina dazu meinte. Sie sagte zuerst zu Michelle: »Natürlich nicht, du blöde Kuh!« Und zu uns sagte sie dann: »Hauptsache, ihr kommt nicht zur Karnevalsfete. Vor allem du nicht, Annette. Denn ich bin da mit Dominik verabredet und habe keine Lust auf noch so 'ne Szene wie letztens vorm Zeichensaal.« Dann rauschten sie ab. Und nun waren leider wir es, die die Klappe hielten.

Irgendwie hat Pia dann Strumpfhosen für uns gekauft und mich aus dem Kaufhaus gezerrt. Auf dem Weg zu mir nach Hause war ich vollkommen betäubt von dem Bild, das Ninas Worte in meinem Kopf angeknipst hatten: Nina und Dominik zusammen auf der Karnevalsfete. Lachend, flirtend, tanzend, eng umschlungen, sich küssend… Mir wurde schlecht. Ich musste stehen bleiben, denn es prickelte verdächtig in meiner Nase, ein sicheres Zeichen dafür, dass ich gleich anfing zu heulen. »Ich kann nicht zur Karnevalsfete. Das überleb ich nicht.«

Pia zog mich einfach weiter. »Oh doch, das kannst du. Und das überlebst du. Weil es nämlich gar nicht stimmt.«

Meine Nase setzte kurz aus mit Prickeln. »Wie meinst du das?«

»Nina sagt das nur, damit wir nicht kommen. Sie weiß, dass sie dich damit am Arsch kriegt.«

Hmmm. Interessante These. Aber schnell drängten sich wieder diese Bilder vor mein inneres Auge und ließen meine Nase wieder prickeln. Pia hielt an, stellte sich vor mich und sagte: »O. k., Annette. Wir machen es so: Wir fragen ein letztes, ein allerletztes Mal das Poesiealbum-Orakel, o. k.? Und was das sagt, das tun wir. Wir haben uns so tief reingeritten mit diesem Orakelquatsch, das ziehen wir jetzt durch.«

»O. k. …«, sagte ich zögernd.

»Du musst mir nur versprechen, dass wir tun, was es sagt.«

»O. k.«, sagte ich etwas fester. Irgendwie tat es gut, die Verantwortung für den weiteren Verlauf des Tages und des Abends an ein Poesiealbum abzugeben, so bescheuert das jetzt klingen mag. Pia zog mich nach Hause.

Dort setzten wir uns nicht mal hin, sondern holten sofort, noch in Jacke und Mantel, das Poesiealbum meiner Mutter. Wir tauschten einen Blick. Ich nickte, Pia war an der Reihe. Sie schloss die Augen, begann zu blättern, blätterte weiter, da fiel ihr das Album aus der Hand… Mein Herz klopfte inzwischen bis zum Hals. Ich gab Pia das Album und wieder blätterte sie mit geschlossenen Augen. Dann legte sie ihren Finger auf die Mitte einer Seite, öffnete die Augen und wir lasen:

Es gibt nichts Gutes,
außer man tut es.

Die Sache war klar.

25. Kapitel

Die nächsten Stunden vergingen in einem Nebel aus hektischer Aktivität. Wir zogen die neuen Strumpfhosen an. Pia hatte natürlich die für mich perfekte Größe gefunden, die Frau ist eben einfach der Hammer. Dann zogen wir die Kleider an. Darüber dann zum Schutz der Kleider je eine alte Bluse. Meine Mutter machte uns die Haare, mir eine lockere Hochsteckfrisur, Pia ein kunstvolles Gebilde mit hochgewickelten Flechten. Obendrauf gehörte natürlich je eine kleine Krone, denn wir waren ja Königinnen.

»Kitsch as Kitsch can!«, grinste Pia.

Meine Mutter schminkte uns. Zum Glück, denn ich selbst wäre dazu nicht mehr in der Lage gewesen, ich hatte mal wieder den nervösen Handtatter. Pia wirkte zwar ruhiger als ich, bat aber meine Mutter, auch sie zu schminken. In beiden Fällen machte sie das einfach perfekt. Mindestens so gut wie die Lady im Kaufhaus, mit dem Ergebnis, dass Pia und ich deutlich besser, aber nicht angemalt aussahen. Als mir daraufhin der Satz rausrutschte: »Mensch Mama, du hast das ja echt drauf!«, und meine Mutter dann ganz komisch reagierte, nämlich richtig gerührt, da dachte ich verblüfft: Brauchen auch Mütter einfach mal Anerkennung?

Während alldem fütterte meine Mutter uns mit Butterbroten und Apfelschnitzen: »Man darf nie hungrig zu einer

Party gehen, dann hat man nämlich so einen verkniffenen Blick. Und außerdem frisst man dann dort viel zu viele fiese Häppchen.«

Ich wiederhole es: Sie hat, was Partys angeht, einfach den völligen Durchblick.

Es gab dann noch ein mittleres Drama um meine Brille. Als meine Mutter mich fertig geschminkt hatte und ich ohne Brille im Handspiegel sehr damit zufrieden war, setzte ich meine Brille auf und hörte, wie Pia und meine Mutter erschrocken Luft holten.

»Was?!«, fragte ich, schon deutlich angegrätzt. Ging jetzt etwa wieder die Arie los »dicke Brille – böse Brille«? Als ich dann aber *mit* Brille in denselben Handspiegel sah, musste ich zugeben, dass das Ding … na ja, schon ein bisschen klobig wirkte. Nichts sonst an mir war jetzt schwarz: das Kleid war rot, die Rosen im Haar und am Kleid ebenfalls, die Schuhe waren dunkelrot, Augenbrauen, Lidschatten, Lidstrich und Wimperntusche hatten alle verschiedene sanfte Beige- und Brauntöne, also da knallte die dicke schwarze Brille schon ziemlich raus.

»Und was soll ich jetzt bitte machen?«, fragte ich gestresst, mit ganz schön zickigem Unterton. »Ich hab nur die eine Brille! Und ohne komm ich nicht mal lebend bis zur Tür!«

»Hast du nicht noch die von früher, diese kupferbraune?«, fragte Pia.

»Ja, aber die hat nicht mehr genug Dioptrien. Soll ich da als halber Blindfisch rumlaufen?« Ich war immer noch sehr zickig vor Stress.

»Ist vielleicht gar nicht so schlecht, wenn du nicht die perfekte Fernsicht hast«, meinte meine Mutter.

»Doch, das ist schlecht!«, motzte ich. Aber na gut, sollten sie doch selber sehen, dass meine alte, kupferbraune Brille genauso bescheuert …

Ups. Die sah eindeutig besser aus. Und der Unterschied in der Sehstärke war auch nicht groß. Erst ab fünf bis sechs Metern konnte ich nicht mehr alles ganz scharf sehen. Dafür war die Brille aber deutlich leichter. Ich tat so, als würde ich mich grummelnd überreden lassen, war aber in Wirklichkeit ganz angetan. Die sah echt besser aus, die braune Brille mit dem matten, schmalen Metallrahmen!

Die Karnevalsfete begann offiziell um 18 Uhr, aber meine Mutter riet uns, nicht vor 19 Uhr dort aufzutauchen. »Lasst die Kleinen aus der Unterstufe die Sache vorwärmen, und wenn es schon gut summt und brummt, dann kommt ihr.« Auch sonst hatte sie viele nützliche Tipps: Aufrecht gehen! In schulterfreien Kleidern nie den Rücken krumm machen! Wörtlich: »Ihr seid Königinnen, also bewegt euch auch wie Königinnen!« Zur Sicherheit übten wir das vor ihrem Schlafzimmerspiegel. Danach suchte meine Mutter aus ihrem riesigen Fundus zwei passende, große, breite und wunderbar weiche Schals aus, genannt »Pashmina«, damit wir sie als Jackenersatz um unsere bloßen Schultern legen konnten. Wirklich schick, das muss man sagen! Und zum Schluss gab sie uns noch die kleinen, farblich jeweils aufs Kleid abgestimmten Rosensträuße, die das Kostüm vervollständigten. Die hatte sie beim Blumenhändler binden lassen, als wir im Kaufhaus waren. Also meine Mutter denkt wirklich an alles! In einem Anfall von Überschwänglichkeit gab ich ihr einen dankbaren Kuss. Sie reagierte genauso komisch wie beim Lob für ihre Schminkkunst. Wirklich, meine Mutter ist nicht der sentimentale Typ.

Endlich standen Pia und ich um Viertel vor sieben bei uns im Flur, fertig zum Abmarsch. »Jetzt gehen wir alle noch mal aufs Klo und dann reiten wir los«, zitierte meine Mutter den Bösewicht Santa Maria aus »Der Schuh des Manitu«. Wir mussten lachen.

Und dann ging's wirklich los. Mit dem Taxi, denn wir haben kein Auto und im Rosenköniginnenkostüm kann man beim besten Willen nicht Fahrrad fahren. Zum Glück haben wir kein Auto, kann ich im Nachhinein sagen, denn so blöd das jetzt klingen mag, es verursachte einiges Aufsehen vor unserer Schule, als unser Taxi vorfuhr, der Fahrer ausstieg und mir und Pia die Tür aufhielt. Meine Mutter, die mitgekommen war, um das Taxi zu bezahlen und uns ein paar Tipps zu geben, wie wir nachher wieder mit dem Taxi nach Hause kämen, blieb vorne sitzen. Durch die dunklen Scheiben des Taxis konnte man sie kaum sehen. Es wirkte also, als wären wir allein vorgefahren in unserer elfenbeinfarbenen Limousine.

Ich machte mir fast in die Hose, als ich unter den Augen zahlloser Schüler, Eltern und Lehrer aus dem Taxi stieg. Pia verhedderte sich im langen Rock ihres Kostüms und konnte sich nur im letzten Moment noch fangen. Aber dann standen wir auf dem Bürgersteig und alle glotzten uns an wie das achte Weltwunder. Der Taxifahrer grüßte und fuhr davon. Ich muss zugeben, das hatte was.

Wir schritten auf den Eingang zu. Aus der Aula erklang Karnevalsmusik und wir rochen den Duft frischer Berliner. Zum ersten Mal überkam mich eine Welle von Partystimmung. Ich bekam richtig Lust auf Tanzen und Luftballons und Luftschlangen und so drehte ich mich zu Pia, um sie fröhlich anzulächeln.

Das hätte ich besser nicht getan, denn hinter Pia sah ich ein Auto. Und aus dem Auto stieg – Nina. In einem wirklich sensationellen Piratenbrautkostüm. Dahinter Ninas Mutter, die wie eine Dienerin noch letzte Hand an Ninas Kostüm legte. Das wäre an sich alles gar nicht so schlimm gewesen. Klar ist Nina toll, klar hat sie ein Wahnsinnskostüm. Aber auf dem Bürgersteig wartete … Dominik. Kreisch! Kreisch!! Kreisch!!! In einem genau zu Ninas Outfit passenden Piratenkostüm. Nina schritt auf ihn zu, scheuchte dabei noch schnell ihre Mutter weg und hakte sich bei Dominik ein. Die beiden gingen aufs Schultor zu wie ein Königspaar. Es stimmte also doch: Nina und Dominik. Mir sackten die Knie weg.

26. Kapitel

Pia fing mich auf.

Also ich bin jetzt nicht wirklich umgekippt, so wie die Damen im Film immer umkippen, stilvoll und elegant, um dann unheimlich schön auf dem Boden zu liegen. Ich bin nicht mal einfach so umgekippt, um dann unheimlich blöd auf dem Boden zu liegen. Ich habe offenbar einen stabilen Kreislauf und hatte daher nur ganz kurz weiche Knie vor Schock. Dank Pia war weiter nichts passiert. Ich stand an sie geklammert und war völlig bei Bewusstsein. Leider. Denn der Anblick da eben, also den wünscht man seinem schlimmsten Feind nicht. Dominik und Nina… als perfektes Paar… Wieder wurde es mir flau und ich fürchtete, dass gleich die Butterbrote wieder hochkamen, die meine Mutter mir verfüttert hatte.

Inzwischen hatten auch ein paar andere Leute bemerkt, dass ich da wie ein nasser Lappen an Pia dranhing. Unter ihnen erkannte ich auch Ninas Mutter, die sehr besorgt auf mich einredete: »Kindchen, was hast du denn? Hast du's mit dem Kreislauf?« Diese Stimme… irgendwoher kannte ich die. Mein auf allen Kanälen gestresstes Hirn versuchte, diese Stimme einzuordnen. Aber keine Chance.

Irgendwie muss Pia die Leute dann abgewimmelt und mich in die Schule gezerrt haben. Denn ich saß kurz darauf mit Pia in der alten Hausmeisterloge. Aufgrund städtischer Sparmaßnahmen hat unsere Schule keinen eigenen Hausmeister mehr und so ist die Loge neben dem Haupteingang nun eine Art Rumpelkammer, voll mit kaputten Landkarten, dreibeinigen Stühlen und vertrockneten Zimmerpflanzen. Pia suchte im Gerümpel nach einem Spiegel, damit wir unsere Kostüme checken konnten. Sie war offensichtlich fest entschlossen, auf diese Fete zu gehen. Aber was war mit mir? Ich wusste wirklich nicht, ob ich das jetzt durchstand. Gleichzeitig merkte ich, dass Pias Geduld mit mir und meinen Liebesdramen ein ganz klein bisschen abnahm. Oder besser: am Ende war. Konnte ich irgendwie auch verstehen. Pia war ja selbst nervös, von wegen Rosenköniginnenkostüm und schulterfrei und alles. Und dann immer diese Freundin, die alle zehn Minuten die Krise kriegt… Pia räumte. Ich hockte. Wir schwiegen. Im Hintergrund spielte Karnevalsmusik.

Ich saß da also auf einem Tisch mit klappriger Tischplatte und ging mal wieder meine Optionen durch.

A) Einfach abhauen. – Verlockende Idee, selbst wenn ich nicht wusste, wie ich in dem Kleid nach Hause kommen sollte. Busfahren im schulterfreien Kleid, nur mit einem Pashminaschal bekleidet, und das nachts im Februar? Und ohne Buskarte. Oh please, no! – Also Taxi. Aber dann müsste Pia mitkommen. Wir hatten nur Geld für *ein* Taxi.
B) Auf die Fete gehen. – Und dann Nina und Dominik sehen? Wie sie zusammen tanzen oder noch Schlimmeres tun?? Wieder meldete sich Brechreiz.
C) Hier in der Rumpelloge sitzen bleiben und warten, bis Pia ausgefeiert hat. – Hmmm… wäre eine Möglichkeit. Aber etwas, das man getrost einen Scheißabend nennen könnte.
D) …

Ich hatte D) noch nicht mal angedacht, als Pia plötzlich rief: »Mann, sind wir doof! Hier ist doch ein Waschbecken mit Spiegel!« Stimmt, in der Hausmeisterloge gab es ein Waschbecken und darüber einen alten Spiegel. Pia zerrte mich hin. Im Halbdunkel der Rumpelloge sahen wir sehr schön aus, da in dem schrammligen Spiegel. Wie zwei Edelfräulein auf einem alten Gemälde. Wir sahen uns eine Weile ganz fasziniert an.

»Wär' irgendwie Verschwendung, jetzt nicht zur Fete zu gehen …«, meinte Pia langsam. Ich hörte deutlich raus, wie viel Lust sie auf Karneval hatte. »Aber ich trau mich nicht allein«, fügte sie hinzu. Damit ging meine Option C) also den Bach runter.

»Und ich trau mich überhaupt nicht«, murmelte ich leise.

Pia knuffte mich. »Mensch Nette! Du hast 'ne Nacht allein im Fahrradschuppen verbracht, dann kannst du doch jetzt nicht vor einer harmlosen Fete kneifen!« Sie hatte ja recht. Aber …

»Ich könnte mich blamieren, vor der ganzen Schule.« Pia sah mich nur an. Also dachte ich den Gedanken selbst laut weiter. »Aber mehr blamieren als da vorm Zeichensaal kann ich mich ja nicht.«

»Nein«, bestätigte Pia.

»Aber steh ich das durch?« Ich wurde richtig jammerig. »Wenn ich Nina und Dominik sehe? Nina in ihrem Superkostüm, wie sie dann mit Do…«

Ich brach ab. Denn in diesem Moment fiel mir ein, woher ich die Stimme von Ninas Mutter kannte. Sie war die Kundin meiner Mutter, die über ihre Tochter geklagt hatte! Über Nina! Es musste Nina sein, sie war Einzelkind. Was hatte ihre Mutter gesagt? »Die hat nichts anderes im Kopf als Klamotten, Jungs und Partys. In der Schule schreibt sie eine Fünf nach der anderen. Sie wird sitzen bleiben!«

Bildungsfixiertheit hin oder her, die man mir jetzt vorwerfen kann – aber die tolle Nina in ihrem sensationellen Kostüm, die Super-Nina, vor deren Urteil alle Mädchen Angst haben und in die alle Jungs verknallt sind, diese Super-Nina schrumpfte vor meinem inneren Auge zu dem, was sie in Wirklichkeit ist: eine absolute Normal-Nina. Mit stinknormalen Problemen, wie z. B. schlechten Noten und deswegen Stress mit Mutti. Wie aus einem aufgeblasenen Luftballon entwich die Luft aus der Super-Nina mit einem Furzgeräusch. Und übrig blieb, wie beim Luftballon, nur Schrumpel. Und die Schrumpel sagte mit Ninas Stimme: »Ich brauch kein Abi, ich werd eh Model.«

Ich musste grinsen.

»Was ist los?«, fragte Pia in den Spiegel, in den wir beide immer noch guckten.

»Ich glaub, ich hatte grad eine Erleuchtung.« Im Ernst. Eine wunderbare Welle von Energie beflügelte mich. Ich erkannte: Eine zur Schrumpel geschrumpfte Nina darf nicht darüber bestimmen, auf welche Fete ich gehe! Und wie ich mich da fühle!

Ich sah Pia direkt an. »Weißt du was? Wir gehen da jetzt rein.« Pia blickte mich mit großen Augen an. Ich strahlte. Alle Angst war verflogen. »Und amüsieren uns!«

Pia umarmte mich.

Wir stellten unsere Krönchen senkrecht und rannten los.

27. Kapitel

Mein Herz klopfte dann doch, als ich mit Pia in die rappelvolle Aula trat. Und es klopfte noch mehr, als wir an der aus Tischen und Turngeräten improvisierten Garderobe unsere Pashminaschals abgaben. Denn dann stand ich wirklich im schulterfreien, langen Kleid, mit Reifrock, Hochsteckfrisur, Krönchen und Rosenstrauß mitten unter meinen Mitschülern. Ich, Annette, die Fette. Annette, der Supernerd. Die Luft wehte kühl und fast bedrohlich um meine bloßen Schultern. »Aufrecht gehen! Königlich!«, schossen mir die Worte meiner Mutter durch den Kopf. Also ging ich aufrecht. Und was passierte? Gar nichts. Um uns herum herrschte ein Riesengewusel aus Kostümierten. Leute aus der Unter-, der Mittel- und der Oberstufe. Von unserer Schule und von anderen Schulen. Ab und zu auch mal ein Lehrer, ebenfalls kostümiert. Aus der Musikanlage dröhnten Karnevalsklassiker, die meisten grölten mit und auch Pia und ich konnten nicht lange widerstehen: »Da simmer dabei, dat is' pri-hi-maaa, Viva Coloniaaa …!« Die gehirnabschaltende Wirkung von Karneval war deutlich zu spüren. Und wahnsinnig angenehm. Vor allem für eine »Annette, du denkst zu viel«-Annette wie mich. Man kann nicht über seine Probleme oder den Sitz seiner Hochsteckfrisur nachdenken, während man gleichzeitig schwachsinnige, aber mitreißende Lieder schmettert und von allen Seiten beschunkelt wird.

Was mir in all dem Gewühl trotzdem auffiel, waren die kurzen, aber interessierten Blicke, die mir galten. Blicke von Jungs meine ich jetzt. Die Blicke von Mädchen waren lang, die checkten eindeutig und ungeniert die Einzelheiten meines Outfits. Die Jungs dagegen guckten nur ganz kurz. Aber interessiert. Und immer wieder. Ich muss zugeben, das hatte was. O. k., ich bin ehrlich: Das war toll! So geht es also Mädchen, die keine Supernerds sind? Fühlt eine Nina sich immer so? Morgens, mittags, abends, nachts? Kein Wunder, dass die meint, sie wäre Queen of the World … Bevor ich dann aber doch wieder zu intensiv nachdenken konnte, spielten sie »Die Karawane zieht weiter«, es bildete sich sofort eine Polonaise und Pia und ich wurden hineingezogen. Ich hing an Pias Schultern und irgendein Kerl aus der 10. hing an meinen Schultern. Die schienen ihm zu gefallen, denn er betätschelte sie ein bisschen. Was wiederum mir *nicht* gefiel, also drehte ich mich um und sah ihn streng an. Er wurde rot und unterließ das Tätscheln für den Rest der Polonaise. Na bitte, geht doch!

Nach der Polonaise, einem kollektiv gebrüllten »YMCA« und einem gemeinsam gesungenen »Ich war noch niemals in New York« kämpften Pia und ich uns zum Berlinerstand. Dort bei Berlinern und Apfelschorle fanden wir die ersten Leute aus unserer Klasse, Jan und Dennis, die beiden Computerfreaks. Die, die vor lauter Computerei noch nicht gemerkt haben, dass es Mädchen gibt. Offenbar merkten sie es in genau dem Moment, als wir vor ihnen standen, denn beiden fielen Berliner und Apfelschorle fast wieder aus dem Gesicht, so klappten ihnen die Kiefer runter.

»Mann, das sind ja Annette und Pia!«, stammelte Jan dann mit vollem Mund.

»Boah, ja, jetzt seh ich's auch!«, stammelte Dennis zurück.

»Ihr seht ja klasse aus!«, meinten sie im Chor.

»Danke!«, sagte Pia und strahlte sie an. Gute Antwort auf ein Kompliment, dachte ich. Muss ich mir merken. Einfach »Danke« sagen!

Kurz darauf stärkten auch wir uns mit Berlinern und Apfelschorle. Und dann sahen wir sie: Michelle und Svea. Direkt vor uns. Die konnten erst mal gar nicht sprechen, so baff waren sie. Stattdessen wanderten ihre Augen an uns hoch und runter. Und noch mal hoch und runter. Sie konnten den Anblick gar nicht fassen. Irgendwie kann man's mit der Beachtung von Äußerlichkeiten auch übertreiben, dachte ich mir. Nur weil ich gerade was anderes anhatte, kriegten sie plötzlich kein Wort mehr raus, das war doch gestört! Schließlich fand Svea, die nicht ganz so dämlich ist wie Michelle, ihre Sprache wieder.

»Wo habt ihr denn *die* Kleider her?«

Und ich sagte, ganz locker: »Na, die haben wir gekauft, von dem Geld aus unserem Banküberfall.« Und dann ließen wir sie stehen.

Danach ging für Pia und mich die Party richtig los. Wir tanzten und schunkelten und trafen jede Menge Leute, die wir kannten. Die guckten zum Teil etwas verwirrt, aber zum noch größeren Teil waren sie einfach nur überrascht, uns so zu sehen, und sagten nette Sachen wie: »Hey, super Kostüm!«, »Steht dir gut, Annette!« oder einfach »Wahnsinnsklamotte!«. Ich hatte ständig Gelegenheit, freundlich »Danke« zu sagen. Wir lobten unsererseits die teilweise wirklich irren Kostüme der anderen und hatten jede Menge Spaß. Auch mit Leuten von anderen Schulen, denn unsere Karnevalsfete ist in der ganzen Stadt legendär. Pia hatte zwischendurch mal einen Verehrer an der Hand, der aus einem 60 Kilometer entfernten Eifelkaff angereist war, und mich quasselte ein Typ vom Händel-Gymnasium voll, was ja auch ganz schön weit weg ist. Er faselte irgendwas, von wegen er habe einen grünen Daumen und sei darum der Richtige für meine Rosen. Ich lächelte nur huldvoll. Zwischendurch stand auch mal the Schnepfe vor mir, also unsere Englischlehrerin, allen Ernstes in einem Vogelkostüm. Stellte sie wirklich eine Schnepfe dar? Sie sah mich streng an und meinte dann spitz: »Da bist du aber sehr plötzlich wieder gesund geworden, Annette. Die ganze Woche krank und nun hier auf der Karnevalsfeier?!«

Ich lächelte auch ihr huldvoll zu. »Ja, es war eine wundersame Spontanheilung. In der Nacht von Freitag auf Samstag.« Hey, das war schlagfertig!

Gut gelaunt zogen Pia und ich von Grüppchen zu Grüppchen und tanzten und schunkelten. Einmal sah ich dabei ein ganz besonders schönes Kostüm: Ein Junge hatte sich als Golden Retriever verkleidet! Pia verdrehte natürlich die Augen, als ich sie atemlos darauf aufmerksam machte.

»Du hast echt 'ne Golden-Retriever-Neurose«, meinte sie. Ich hörte kaum hin, so sehr nahm mich das Kostüm gefangen. Der Junge trug einen Overall aus goldbraunem Plüsch, samt Kopfteil mit den typischen Schlappohren. Dazu war das Gesicht in derselben Farbe geschminkt, mit dunkel umrandeten Augen und schwarzer Nase. Einfach süß! Doch bevor ich den Mut sammeln konnte, ihm zuzulächeln, war er in der Menge verschwunden.

Das gab der Karnevalsfete einen ganz neuen Prickel, denn ab jetzt hoffte ich, den Golden Retriever wiederzusehen. Aber das Schönste war, dass ich mich mit Pia versöhnt hatte und wir uns hier zusammen auf die Fete getraut hatten. Wen wir die ganze Zeit nicht sahen, waren Dominik und Nina. Und das war mir auch mehr als recht. So schaffte ich es, fast gar nicht an sie zu denken.

Irgendwann musste ich dann mal aufs Klo. Kein Wunder nach vier Gläsern Apfelschorle. Und als ich da so den Flur entlanglief in Richtung Mädchenklo, da sah ich am Schwarzen Brett einen Jungen sitzen, der ein bisschen aussah wie Dominik. Nur irgendwie nicht so nett. Er wirkte mit dem wuscheligen Blondhaar fast ein bisschen affig, wie ein zu sehr geföhnter Schauspieler. Und auch das Kostüm war nicht grade originell, er ging als Pirat, wie ja nun geschätzte 87 Prozent aller Jungs …

Ups. Der Junge *war* Dominik. Das erkannte ich, als ich näher an ihm dran war. So was passiert, wenn man aus Eitelkeit mit einer zu schwachen Brille rumläuft, ärgerte ich mich. Und nun war es zu spät, ich konnte nicht mehr ausweichen. Er hatte mich auch gesehen und erkannt und da stand ich auch schon vor ihm.

»Hallo«, sagte er.

»Hallo«, sagte ich und gewann damit den 1. Preis in der Kategorie »Schlaue Antwort«. Ich überlegte fieberhaft, was ich als Nächstes sagen könnte. Aber meine neu aufgetauchte Schlagfertigkeit funktionierte offenbar nicht bei einem Jungen, in den ich seit Jahren verliebt war. Stattdessen sagte Dominik was.

Er sagte: »Äh, ja, also … Da gab's wohl letztes Mal ein Missverständnis … am Valentinstag … irgendwas mit Blumen … Aber da kann ich echt nichts für … äh … Ich hätte nie …« Er brach ab. Und ich führte seinen Satz in Gedanken zu Ende: »… so einer wie dir Rosen geschenkt.« Er sah mich an, als hätte er diesen Satz gerade wirklich gesagt. Dann holte er tief Luft und setzte schnell hinzu: »Wir können aber gern Freunde sein … Ich mein' jetzt … so ganz normal.«

»Freunde sein.« – »Ganz normal.« Verdammt. Das sind doch Sprüche, die kein Mensch hören will! Die werden nur noch übertroffen von den Worten eines Arztes, wenn er sagt: »Sorry, Sie haben nur noch 3 Wochen zu leben.« Ich war noch mitten dabei, seine Worte 1. zu kapieren und 2. zu verkraften, und hatte darum bis jetzt auch noch nichts geantwortet, als schon der nächste Satz kam: »Kannst gern mal mitkommen, wenn wir von der SV was zusammen unternehmen. 'ne kleine Radtour mit Picknick oder so. Machen wir ab und zu mal, im Sommer.« Und da endlich kapierte ich, was hier los war. Ich tat ihm leid. Oh Mann.

Ich sagte immer noch nichts. Stattdessen sah ich Dominik an. Zum ersten Mal genauer. Denn ich war ja vorher noch nie so lange so nah an ihm dran gewesen. Und auf diese Entfernung funktionierte meine Brille ganz wunderbar, ich sah alles vollkommen scharf. Und trotzdem ... Irgendwas war anders. Dominik war nicht mehr die Lichtgestalt, die er vorher gewesen war. Er war ein ganz normaler Junge. Mit ziemlich affigen, allzu flauschigen Blondlocken und einem unoriginellen Kostüm. Und er bot mir aus Mitleid an, dass ich irgendwann mal mit zu einem SV-Picknick darf. Obwohl ich ja nicht mal SV-Mitglied bin.

Irgendwie regte sich in mir etwas. So was wie Stolz. Also *das* hatte ich nun nicht nötig. Nicht mal Annette-Super-Nerd hatte es nötig, von flauschig geföhnten Null-Acht-Fuffzehn-Piraten aus Mitleid auf SV-Picknicks geschleppt zu werden!

Und so richtete ich mich auf und rückte mein Krönchen zurecht. Man sollte öfter Krönchen tragen, das unterstützt das Selbstwertgefühl. Dann sagte ich: »Och nö, lass mal. Ich bin ja gar nicht in der SV. Bleibt ihr da mal schön unter euch.«

Und dann ging ich den Flur entlang zu den Mädchenklos.

28. Kapitel

Ziemlich lang hockte ich da in dem Kabuff, obwohl ich den eigentlichen Anlass meines Besuches – Entsorgung der verstoffwechselten Apfelschorle – schnell erledigt hatte. Ich saß auf dem zugeklappten Klodeckel und versuchte herauszufinden, warum ich so durcheinander war. Eigentlich war die Lage ja ziemlich einfach: Ich war in Dominik verliebt, er aber nicht in mich. Ich hatte aufgrund eines Missverständnisses eine Weile gedacht, er sei auch an mir interessiert. Das Missverständnis hatte sich dann auf denkbar peinliche Weise geklärt und ich musste vor Stress eine Woche von der Schule wegbleiben. Und Dominik hatte nun Mitleid mit mir…

Was war daran so schlimm? Ich hätte das ja auch nett und freundlich finden können. Aber ich hockte da in einer äußerst seltsamen Gefühlsmischung: Ein Teil von mir war immer noch traurig, weil Dominik mich nicht wollte. Ein zweiter, größerer Teil war total wütend, dass Dominik mich für so eine arme Sau hielt, die man aus Mitleid mit auf blöde SV-Picknicks schleppen muss. Und ein dritter Teil, überraschenderweise der allergrößte, war irgendwie enttäuscht. Denn wenn ich ganz ehrlich zu mir war, dann war Dominik eben ziemlich… langweilig gewesen. Ja, langweilig. Und zu flauschig geföhnt. Ich nahm meine Brille ab und starrte sie an. Braucht man manchmal eine zu schwache Brille, um endlich klarzusehen??

Ich setzte die Brille wieder auf und zog die Spülung. Dabei war mir, als ob ich die ganze Dominikerei wegspülte. Befreiend. Und dann an den Waschbecken, da wusch ich mir die Hände, sah in den Spiegel, rückte das Krönchen noch mal zurecht und erkannte: Ich brauch keinen Dominik. Ich bin eine Königin. Und selbst wenn ich nur verkleidet bin, dann aber verdammt überzeugend! Ich grinste mich an und machte mich auf den Weg. Den Golden Retriever zu finden!

Das war dann allerdings ein verdammt schwieriges Unterfangen. Ich schob und drängelte mich mindestens eine Dreiviertelstunde lang durch die schunkelnden Massen und jedes Mal, wenn ich irgendwo ein Stück hellbraunen Plüsch erspähte, blieb mir das Herz stehen und ich pirschte mich aufgeregt heran. Aber jedes Mal stellte es sich als Hasenkostüm heraus. Oder als Känguru. Oder als Löwe. Ich wurde schon richtig sauer auf all diese Tiere, obwohl die ja völlig unschuldig waren. Pia konnte mir bei der Suche nicht helfen, weil Ole sie mit Beschlag belegt hatte. Wir verabredeten noch, dass wir uns um Viertel vor elf am Ausgang treffen, falls wir uns aus den Augen verlieren sollten. Und sofort danach verlor Pia mich aus den Augen, denn sie und Ole tanzten ab da nur noch. Eng und immer enger.

Na super, bleibt nur Nerd-Annette mal wieder ohne Kerl, dachte ich grimmig. Aber da sah ich wieder hellbraunen Plüsch, hechtete voll wilder Hoffnung hin – doch nein! Wieder ein verfluchter Hase! Der Insasse des Hasenkostüms war sichtlich enttäuscht, dass ich ihn erst fast angesprungen hatte und dann aber nicht mit ihm tanzen wollte. Aber auf Hasengefühle konnte ich jetzt keine Rücksicht nehmen, denn meine Stimmung drohte zu kippen, von grimmig zu frustig. Ich wandte mich Richtung Ausgang, um im Treppenhaus etwas frische Luft zu schnappen.

Und da stand er. Der Golden Retriever. Direkt vor mir. Und sah mich an. Mich, Annette, die Fette. Oh, ich korrigiere! Mich, Annette, die Rosenkönigin, die sich sofort befahl, sich entsprechend königlich zu halten: gerade und würdevoll. Der Golden Retriever machte eine Art Hofknicks und bot mir formvollendet seine Pfote, äh, Hand. Ich nahm sie. Herzklopfend. Wir gingen zur Tanzfläche. Das war nicht weit, denn inzwischen war längst die ganze Aula zu einer einzigen Tanzfläche geworden. Dort nahm mich der Golden Retriever in seine Vorderbeine, äh, Arme und wir tanzten. Zu »Es war einmal ein treuer Husar«. Also, er konnte das nicht tanzstundenmäßig, genauso wenig wie ich, aber er bewegte sich anmutig im Takt und führte mich linksherum und rechtsherum, sicher, einfühlsam und sanft. Wie man das bei einem Golden Retriever ja auch erwarten kann.

Und ich kann hiermit ganz offiziell bestätigen, dass es stimmt, was man immer hört: Wenn man mit dem Richtigen tanzt, dann ist es ein Schweben. Raum und Zeit gibt es nicht mehr. Nur noch die Musik existiert und zwei Menschen in vollkommener Harmonie. Egal wie bescheuert die Musik auch ist. In unserem Fall war das nächste Stück »Wer hat dir die Rose auf den Hintern tätowiert«. Aber das war völlig egal. Wir schwebten gemeinsam dahin. Ja, Kitschalarm. Aber allerhöchste Stufe.

Irgendwann brauchten wir eine kleine Tanzpause und der Golden Retriever geleitete mich an den Rand des Geschehens. Noch hatten wir kein Wort gewechselt und ich wurde schrecklich nervös, was ich jetzt sagen sollte, wenn er mich ansprach. Das tat er aber nicht. Er sah mich nur ziemlich weggetreten an hinter seiner Golden-Retriever-Bemalung. Sehr dunkle Augen hatte er, ganz wie es sich gehört. Wie er sonst ohne das Kostüm und die Bemalung aussah, war schwer auszumachen.

Er war genau richtig groß, genau richtig für das Meinen-Kopf-an-seine-Schulter-Legen, was ich zum Lied »Bei uns im Veedel« auch gemacht hatte … Er war nicht dick, aber auch nicht dünn, er passte einfach. Er war rundherum wunderbar.

Nur … Was sag ich jetzt? Was sag ich jetzt? Was sag ich jetzt? Die Frage ratterte in Endlosschleife durch mein Hirn, bis mein vor Aufregung zermatschter Verstand schließlich folgenden, sensationell intelligenten und originellen Satz herausbrachte: »Tolle Fete, nö?«

Gespannt wartete ich auf seine Antwort, auf den Klang seiner Stimme. Was kam, war ein tiefes, warmes »Wuff«.

Nee, wie süß! Ich musste lachen. »Sollen wir was trinken?«, fragte ich, schon lockerer. Ein freudiges Hecheln vermittelte Zustimmung. Kurz darauf tranken wir eine Cola und sahen uns dabei lange in die Augen. Passend zum Lied, das gerade gespielt wurde: »Schau mir in die Augen, ganz, ganz tief hinein …« Immer, wenn ich etwas fragte, antwortete er streng nach Kostüm: »Wuff«, »Harf, harf« oder »Wa-huuu!« Das machte er so überzeugend und niedlich, dass ich jedes Mal lachen musste. Klar, ich hätte gern richtig mit ihm geredet, aber das hatte ja Zeit. Schließlich war der Abend noch lang, es war ja gerade mal …

Schock! Donner! Herzstillstand! Es war zwei Minuten vor elf! Ich war seit 13 Minuten mit Pia am Ausgang verabredet! Und um elf war hier Schluss für alle unter 16! Außerdem hatten wir meiner Mutter und Pias Eltern hoch und heilig versprochen, um spätestens 20 nach elf nach Hause zu kommen, zusammen im selben Taxi. Ich musste Pia finden, ich musste den Namen des Golden Retrievers erfahren, wir mussten unsere Handynummern austauschen … In völliger Hektik brabbelte ich: »Bleib hier stehen, ich such nur schnell meine Freundin, bin sofort wieder da, nicht weggehen, o. k.?« Er nickte und hielt die Hände unter sein Kinn, ganz wie ein folgsamer Hund. Um ein Haar hätte ich über seinen Kopf gestreichelt, aber das hab ich mich dann doch nicht getraut. Wir sahen uns noch einmal tief in die Augen, dann musste ich mich schweren Herzens losreißen und war auch schon im Gewühl verschwunden.

Und das Gewühl hatte es in sich. Es war geradezu infernalisch. Letzter Samstag vor Weihnachten im Kaufhaus hoch zehn. Grauenhaft. Das völlige Chaos! Kein Wunder, denn schließlich machten sich zur selben Zeit Hunderte von anderen auf den Weg nach Hause, eben alle, die unter 16 waren. Es machten auch schon die ersten Lehrer die Runde und checkten Ausweise … Fast war ich am Ausgang. Aber wo war Pia? Wo war Pia? Wo war Pia? Ich hätte schreien können. Da packte mich jemand an der Schulter.

»Hey, da bist du ja! Wir müssen uns beeilen!« Pia! Sie hatte schon unsere Sachen von der Garderobe geholt und wollte mich aus der Aula ziehen. Aber ich stemmte die Fersen so in den Parkettboden, dass meine Absätze sicher schreckliche Furchen im Holz hinterlassen haben.

»Ich muss dem Golden Retriever meine Handynummer geben!«, keuchte ich und riss mich von Pia los. Die guckte mich an, als hätte ich sie nicht mehr alle – realistische Einschätzung, muss ich zugeben –, und dann wurde sie auch schon von einer Traube von Neuntklässlern mitgerissen.

Ich wühlte und drängelte mich unterdessen wie eine Irre entgegen der allgemeinen Marschrichtung, bis ich endlich wieder am Getränkestand angelangt war. Aber da war kein Golden Retriever mehr. Der Platz, wo er gewesen war, war leer.

29. Kapitel

Ab diesem Moment habe ich nur noch vage Erinnerungen an den Abend. Irgendwie muss ich kurz nach dem Schock am Getränkestand unserem Physiklehrer Bömmelchen in die Arme gelaufen sein, der mich freundlich, aber bestimmt aus der Aula warf. Dass er dabei sehr nett sagte: »Ein tolles Kostüm, Annette!«, konnte ich in meinem verzweifelten Zustand natürlich nicht würdigen. Irgendwo vor der Schule fand ich Pia, sie war verdammt sauer und schubste mich ruppig in ein Taxi, als sie endlich eins aufgetrieben hatte. Zu Hause gab es dann sensationellen Ärger mit meiner Mutter, weil wir fast eine halbe Stunde zu spät waren. Aber interessierte mich das? Nicht die Bohne. Denn ich war völlig außer mir, weil ich mein Glück verpasst hatte. Für mich gab es jetzt nur noch eins: Ich musste ihn finden, den Golden Retriever.

Entsprechend quasselte ich Pia damit voll, beim Aus-den-Rosenköniginnenkleidern-Schlüpfen, beim Abschminken, beim Ins-Bett-Gehen und im Bett. Ich entwickelte Strategien: »Systematisch von Karnevalssonntag bis Karnevalsdienstag die Straßen durchkämmen und alle Kostüme aus hellbraunem Plüsch überprüfen« oder »Zettel auslegen an der Schule und auch sonst in der Stadt, also einen Steckbrief, gesucht: Golden Retriever«. Vor lauter Quasseln merkte ich nicht, dass Pia gar nichts sagte. Erst als wir dann im Bett lagen und das Licht schon aus war und ich gerade laut überlegte, wie hoch die statistische Wahrscheinlichkeit war, dass ich den Golden Retriever finden würde, und wie blöd es doch war, dass wir in Mathe noch keine Wahrscheinlichkeitsrechnung hatten, da sagte Pia was. Sie sagte: »Jetzt halt endlich mal die Klappe. Wenn's dich schon nicht interessiert, was andere heute erlebt haben, wenn du nur wieder mal über *dein* Thema durchdrehen musst, o.k.. Aber ich will jetzt pennen!« Und dann drehte sie sich zur Wand und schlief.

Und ich musste schwer schlucken. Kreiste ich wirklich nur um mich selbst?

Am nächsten Morgen beim Frühstück entschuldigte ich mich bei Pia. Und ich versprach ihr, meinen neuen Wahn – statt Dominik jetzt der Golden Retriever – im Zaum zu halten. Pia lachte, verzieh mir und bezweifelte dann, dass ich meinen Wahn im Zaum halten würde.

»Na klar werd ich das! Wart's nur ab!« Und natürlich wollte ich hören, was sie gestern erlebt hatte! Das war dann aber nicht sehr erfreulich.

»Ich hab mit Ole Schluss gemacht.«

»Äh, ich wusste gar nicht, dass ihr zusammen wart!«

»Na ja, so halb … Nur ein paar Tage. Aber ich glaub, ich hab mich da nur drauf eingelassen, weil ich wegen unserem, also deinem und meinem Streit so fertig war. Eigentlich wusste ich schon lange, dass Ole nicht der Richtige ist.«

»Aber ihr habt doch gestern immer enger getanzt!« Jedenfalls war das das Letzte, was ich von Ole und Pia zusammen gesehen hatte.

Pia seufzte. »Ja … Ich hatte gehofft, dann springt endlich der Funke über … Aber Funken kann man nicht zwingen.« Pia hockte ziemlich gefrustet am Tisch. Ich knuffte sie. »Komm, jetzt gräm' dich nicht. Der kommt schon drüber weg. Gut, dass du am Ende ehrlich warst. – Und jetzt lass uns die Kostüme wieder anziehen und zum Karnevalszug gehen!«

Denn heute war Karnevalssonntag, und das bedeutete, dass die Wagen und Gruppen von Schulen und Stadtviertelvereinen durch die Innenstadt zogen. Da war fast genauso viel los wie am Rosenmontag, wenn auch vielleicht etwas weniger Touristen dabei waren. Von daher bestand eine rein statistisch gesehen höhere Wahrscheinlichkeit, dass ich den Golden Retriever fand … Das sagte ich aber nicht laut, ich hatte Pia ja versprochen, meinen neuen Wahn im Zaum zu halten. Was mir aber nur äußerlich gelang. Und auch da nicht besonders gut.

Bevor wir uns jedoch ins Getümmel werfen konnten, mussten wir ein typische, karnevalistische Herausforderung meistern: Wie zieht man sich warm genug an, um viele Stunden draußen bei Februartemperaturen zu überleben, ohne sein Kostüm dadurch zunichte zu machen? Die Rettung kam wieder von meiner Mutter: Sie lieh uns schicke, aber einigermaßen warme Stiefel, riet uns zu warmen Leggings unterm Kostüm und jede von uns fand in ihrem Fundus einen farblich passenden, taillierten Mantel. Dann machte sie uns wieder die Haare, gab Schminktipps und um genau 11 Uhr 11 zogen wir los. Meine Mutter konnte nicht mitkommen, denn sie hatte ihren Schönheitssalon traditionell immer am Karnevalssonntag und -montag für ihre Stammkundinnen geöffnet, damit die optimal aufgehübscht zum Zug und, noch wichtiger, zu den Sitzungen und Bällen am Abend gehen konnten. Das war Pia und mir sehr recht, denn ohne Mutter fühlt man sich doch gleich viel … erwachsener. Unabhängiger. Einfach besser!

Wer jetzt aber denkt, dass wir uns ganz unbeaufsichtigt in den Straßenkarneval stürzen durften, liegt leider falsch. O.k., o.k., ich verstehe es ja, denn Straßenkarneval ist schon heftig. Viel Spaß, viele lustige, fröhliche Leute, aber eben auch viele Besoffene, Taschendiebe und andere Irre. Also übergab meine Mutter uns einer Gruppe ihrer Freundinnen. Darunter war auch Susanne Gessler, die Anwältin, bei der ich das Praktikum machen würde. Da ich dank meiner Lauschaktion im Schönheitssalon wusste, dass sie und meine Mutter richtige Freundinnen sind, war mir das erst mal etwas unangenehm. Guckt die als meine zukünftige Praktikums-Chefin jetzt, ob ich auch immer brav bin, oder was? Aber die waren zum Glück alle total locker, eine lustige Truppe, komplett als Hexen verkleidet. Sie hielten ein wachsames Auge auf uns, ließen uns aber sonst an der langen Leine.

Die Hexentruppe hatte viel karnevalistische Erfahrung, denn sie kannte einen super Platz: tolle Sicht auf den Karnevalszug, kein allzu schlimmes Gedränge, gute Möglichkeiten zum Kamelle-Fangen und ganz in der Nähe ein freundliches Oma-Café, wo man für einen Euro ein erstaunlich sauberes Klo benutzen konnte. Also alles perfekt für einen gelungenen Straßenkarneval. Doch während die anderen schunkelten, sangen, Bonbons und Blumensträußchen fingen, kriegte ich davon nicht viel mit. Ich suchte nur nach goldbraunem Plüsch. Die Hasen, Kängurus, Löwen, Bären und Affen kann man gar nicht zählen, die ich in der Hoffnung verfolgt hatte, sie seien mein Golden Retriever. Einmal war sogar ein Kamel dabei. Und ein Erdmännchen. Aber nie er. Nie mein dunkeläugiger, einfühlsamer Tanzhund.

Am Abend war ich zum Glück so kaputt, dass ich bald einschlief, ohne mich noch allzu lange über meine eigene Blödheit ärgern zu können. Aber am nächsten Morgen war ich schon um Viertel vor sechs wach und quälte mich stundenlang mit Selbstvorwürfen. Warum hatte ich den Golden Retriever nicht nach seinem Namen gefragt? Warum nicht nach seiner Handynummer? Warum? Warum? Warum?

Der Rosenmontag verlief dann ähnlich wie der Karnevalssonntag, nur dass Pia und ich diesmal mit meinem Vater und einer Gruppe seiner Freunde unterwegs waren. Am Karnevalsdienstag hatte Pia dann genug und war durch nichts zu bewegen, noch mal zu den kleineren Umzügen in den Stadtvierteln zu gehen. Auch meine Mutter und mein Vater wollten nicht. Allein durfte ich nicht. Also verbrachte ich den Tag stinksauer und mit wachsender Verzweiflung zu Hause. Ich versuchte, auf den Livewebseiten der Verkehrsüberwachung im Internet jemandem im Golden-Retriever-Kostüm zu erspähen. Das war aber ein komplett hoffnungsloses Unterfangen, die Bilder waren viel zu unscharf. Ich musste also meine Hoffnung begraben, den Golden Retriever im Straßenkarneval wiederzufinden. Arrrrggghhhh!!!

In meiner Verzweiflung, die am Dienstagabend einen bösen Höhepunkt erreicht hatte, spielte ich noch mal Poesie-Roulette mit dem Poesiealbum meiner Mutter. Hier das glorreiche Ergebnis:

Lerne Ordnung, liebe sie.
Sie erspart dir Zeit und Müh.

Noch Fragen?? Ich hätte dem verdammten Buch um ein Haar Gewalt angetan.

30. Kapitel

»Am Aschermittwoch ist alles vorbei«, heißt es ja in einem alten Karnevalslied. Aber auf mich traf das nicht zu. Kein bisschen. Denn am Aschermittwoch ging mein Golden-Retriever-Wahn erst richtig los! Denn sollte der Hundekostümträger von unserer Schule sein, bestand ab sofort die Möglichkeit, dass ich ihm dort begegnete. Dass er mich erkannte und ansprach und/oder umgekehrt. Wieder mal war ich also verdammt nervös, als ich mich morgens für die Schule fertig machte. Oder o. k., ich gebe es zu … zurechtmachte. Ich hatte ja dank Karneval jetzt etwas Routine im Schminken, denn außer am Abend der Fete hatte ich mich immer selbst für mein Kostüm geschminkt, und so schaffte ich das diesmal sogar trotz des mittelschweren Tatters, den ich in den Händen hatte. Meine Mutter ahnte garantiert, dass irgendwas los war, aber sie verfolgte offenbar weiterhin die neue Linie »Keine Fragen stellen«. Danke, Mama!

Gut zehn Minuten früher als normalerweise radelte ich schon durch den Park. Da sah ich Malte, der wie so oft mit Into, dem Mops-Terrier seiner Nachbarn, Gassi ging. Nichts gegen Malte, absolut nicht, aber ich war wegen meiner Golden-Retriever-Hoffnung so nervös, dass ich nicht wusste, ob ich jetzt so ganz locker ein Schwätzchen halten wollte. Ich wäre am liebsten freundlich winkend an ihm vorbeigefahren, aber er stand mitten auf dem Weg und hatte neben dem Hund auch noch eine riesige Sporttasche dabei. Also bremste ich und hielt an.

»Hallo, Malte.« Kurze Pause. Malte wirkte etwas – verlangsamt. Und sogar Into, der Hund, war ganz ruhig und sah mich nur an.

»Hallo, Annette.« Malte starrte mich an. Ich erschrak ein bisschen. Hatte er Fieber? Seine Augen glänzten so seltsam.

»Alles o. k.?«, fragte ich. Wieder eine kurze Pause.

»Ich hoffe es. Ich hoffe es sehr«, sagte Malte mit großem Ernst.

Hä? Was war los mit dem? Irgendwie wurde mir das alles zu viel. Ich stieg wieder auf mein Rad und sagte so locker wie möglich: »Tja, äh … Bis später dann!«, und radelte davon. Dabei klopfte mir das Herz bis zum Hals. Mann, dachte ich, ich muss ja ein komplettes Nervenbündel sein, wenn mich eine Begegnung mit Malte so aus der Fassung bringt!

Bis zur Schule hatte ich das Herzklopfen wieder im Griff. Nur die Knie waren noch etwas weich, als ich vom wie immer prallvollen Fahrradschuppen über den Hof ins Hauptgebäude lief. Dabei sah ich mir jeden Jungen, der von der Größe her infrage kam, genau an. Alle blau-, grün-, hellbraun- und grauäugigen schieden aus, also fast alle. Nur einer hatte dunkelbraune Augen, aber der war eindeutig zu kräftig gebaut. Solche Turnerschultern hatte er nicht, mein Golden Retriever. Also schon schöne Schultern, aber nicht so extrem.

Leider muss man Leuten ganz schön lange und mitten ins Gesicht sehen, wenn man im Vorübergehen ihre Augenfarbe erkennen will. Ich bekam schon die ersten irritierten Blicke. Auweia, dachte ich, Nerd-Annette ist wieder unterwegs. Aber es hilft ja nichts. Ich muss ihn finden, koste es, was es wolle! Außerdem hatte ich mich ja schon bis auf die Knochen blamiert hier an der Schule, es war also schnurz, ob man mich wieder mal für bekloppt hielt. Ja, da war was dran: »Ist der Ruf erst ruiniert, lebt sich's gänzlich ungeniert.«

Mit diesem Sinnspruch im Herzen fand ich dann am Schwarzen Brett den Mut, einen infrage kommenden Zehntklässler anzusprechen. Der stand da und schrieb sich ein paar Klassenarbeitstermine ab. Ich prüfte die Augenfarbe: Check! Die Größe: Check! Und den Körperbau: Check! Also stellte ich mich wie beiläufig neben ihn und sagte: »Wuff.« Er zuckte vor Schreck dermaßen zusammen, dass ihm der Stift aus der Hand fiel. Beim Aufheben sah er mich mit großen Augen an. Diese Augen!, dachte ich atemlos. Die könnten es sein! Voller Aufregung zitierte ich mit noch größerer Inbrunst eine weitere Aussage, die am Samstag zwischen mir und dem Golden Retriever gefallen war: »Harf harf!« Leider hatte das nicht die gewünschte Wirkung. Der Zehntklässler ergriff nämlich die Flucht.

Und als ich noch total enttäuscht hinter ihm her blickte, stand plötzlich Pia neben mir. Sie hatte das alles mitgekriegt und meinte nur: »Pass ein ganz klein bisschen auf, dass sie dich nicht in die Klapse stecken.«

In unserem Klassenzimmer herrschte dann das übliche vorunterrichtliche Gesumm und Gebrumm. Um Nina hatte sich eine Traube gebildet, denn Nina erzählte lang und breit von sich und Dominik. Dass sie jetzt zusammen sind. Dass sie sich jeden Tag gesehen haben. Dass Dominik waaahnsinnig in sie verliebt ist … Zu meiner eigenen Überraschung machte mir ihr Gelaber kaum etwas aus. Und selbst, als Nina einen großen Knutschfleck am Hals vorführte, dachte ich nur: uh, wie billig. Ich nahm meine gelassene Reaktion als gutes Zeichen, dass ich wirklich drüber weg war, über Dominik. Sicher war das auch ein Effekt, den meine neue Zielperson bewirkte, der Golden Retriever …

Während ich also noch über all so was nachdachte, ging ich auf Pia zu, die mal wieder eins ihrer kleinen, freundlich-ruppigen Wortgefechte mit Malte abhielt: »Na, Malte, ist Karneval auch irgendein Kulturimperialismus, den du ablehnst? Auf der Fete am Samstag hab ich dich jedenfalls nicht gesehen.« Noch bevor Malte antworten konnte, trat ich dazu, er sah mich und starrte mich wieder so komisch an wie eben im Park.

»Hallo ihr zwei!«, sagte ich betont locker und versuchte, das blöde Herzklopfen zu ignorieren, das sofort wieder einsetzte. Malte hatte auf jeden Fall die richtigen Augen, schoss es mir plötzlich durch den Kopf, doch da sah er auch schon nach unten, auf seine Hände, die er nun intensiv knetete. Komischer Kauz. Und die Größe?, fragte ich mich. Schwer zu sagen, er saß auf einem Tisch. Und bevor ich noch länger über Malte nachdenken konnte, sagte er auch schon: »Nee, ich war auf keiner Fete.« Und weg war er.

Nachdem ich mich in der großen Pause noch ein paar Mal mit »Wuff« und »Wa-huu« gegenüber Jungs mit dunklen Augen und passendem Körperbau blamiert hatte, bekamen wir eine schlimme Nachricht. Also, schlimm für mich, alle anderen waren begeistert: Die letzten drei Stunden fielen aus. Offenbar hatten es auch ein paar Lehrer an Karneval übertrieben und waren nicht zum Dienst erschienen. Die faulen Säcke! Ich war schwer angepisst, denn so musste ich meine Golden-Retriever-Suche vorzeitig zwangsbeenden. Entsprechend muffig radelte ich also nach Hause. Als ich den Park schon hinter mir gelassen hatte, gab es in einer Einbahnstraße erst mal einen fetten Rückstau, denn die Müllabfuhr tat ihren Dienst. Wie seltsam, am Mittwoch statt wie sonst am Freitag. Aber klar, der ganze Karnevalsmüll musste natürlich entsorgt werden, fiel es mir ein, als ich meinen Vorteil als Radfahrerin nutzte und auf dem Bürgersteig an der Autokolonne vorbeifuhr. Ja ja, ich weiß, das ist nicht erlaubt, ich hätte absteigen und schieben müssen … Was ich dann auch tat, als mich einige Passanten böse genug angeguckt hatten. Ich schob also mein Fahrrad brav auf dem Bürgersteig und war schon fast am Müllauto vorbei, als ich wie vom Blitz getroffen stehen blieb. Denn aus einer der Mülltonnen, die auf Leerung warteten, baumelte etwas. Ein hellbrauner Plüschärmel.

Rad loslassen, zur Mülltonne hechten, Deckel auf und … Da war er! Der Golden Retriever!! O. k., der Kerl darin fehlte, aber es war das Kostüm! Hundertprozentig, denn nicht nur hätte ich es unter allen Hundekostümen dieser Welt erkannt, es klebten auch noch ein paar Rosenblütenblätter daran! Von den dunkelroten Rosen, die als Strauß mein Kostüm vervollständigt hatten!

Völlig aus dem Häuschen vor Begeisterung zerrte ich das Kostüm aus dem Müll und drückte es an mich. Dass da neben den Rosenblütenblättern auch ein paar Essensreste und andere finstere Dinge klebten, war mir vollkommen egal.

»Hey, das ist doch Püppi!«, rief ein Mann. Einer der Müllmänner. Na super, dasselbe Team wie letzte Woche, als ich das Poesiealbum von Pias Großmutter aus der Tonne retten musste. »Na, ist das auch antik?«, fragte er grinsend und zeigte auf das Hundekostüm. Sie lachten alle. Blödmänner.

»Nein, Bubi«, sagte ich huldvoll zu dem, der mich grad Püppi genannt hatte, »nicht antik, aber von hohem emotionalem Wert.« Da waren sie still. Und ich rollte das Kostüm zusammen, klemmte es auf meinen Gepäckträger und raste los. Ich wusste, was jetzt zu tun war!

31. Kapitel

Nur wenige Minuten später stand ich vor Maltes Wohnungstür und drückte auf die Klingel. Dabei fiel mir auf, dass ich Malte die letzten beiden Stunden in der Schule gar nicht mehr gesehen hatte. Hoffentlich ist er nicht krank und beim Arzt oder so, dachte ich, hoffentlich ist er zu Hause! Die Tür ging auf. Malte stand da. Und Into, der Mops-Terrier der Nachbarn, war auch gleich da, preschte an Malte vorbei und sprang so begeistert wie eh und je an mir hoch.

»Malte!«, keuchte ich, außer Atem vom Radfahren, »Into kann doch Sachen ihren Besitzern zuordnen!« Malte nickte stumm. »Ich hab hier dieses Kostüm, da muss ich unbedingt wissen, von wem es ist! Unbedingt!!« Ich hielt das dreckige Kostüm hoch. Malte rührte sich nicht. Into dagegen sprang mit der für seinen Namen charakteristischen Begeisterung herum, schnüffelte am Kostüm, sprang an Malte hoch und schnüffelte wieder.

»Sag mal, ist irgendwas?«, fragte ich Malte. Der hatte bis jetzt kein Wort gesagt. Er sah mich wieder so seltsam an. Irgendwie tiefgründig und irgendwie traurig.

»Ja«, sagte er dann, »Into kann Sachen ihren Besitzern zuordnen.« Wir sahen zu Into. Der sprang wie ein Irrer zwischen dem Kostüm und Malte hin und her, immer wieder, bellte und wedelte mit dem Schwanz. Und da kapierte ich.

»Du…?«, stammelte ich schließlich. »Du warst der Golden Retriever am Samstagabend?« Malte sah mich wieder an. Und dann nickte er.

In meinem Kopf rauschte es nur noch. Das war ja total unfassbar! Malte!! Sprücheklopfer Malte, nett, aber bisher für mich als Junge unsichtbar, *der* war mein Traumhund?? Mein Golden Retriever, mein einfühlsamer Tänzer, der, der mit warmer Stimme »Wuff« und »Harf harf« gesagt hatte und in den ich total und oberabsolut verknallt war?? Zuerst passte das gar nicht, aber dann morphten sich die Bilder zu einem Gesamtbild zusammen: mein Traummann im Golden-Retriever-Kostüm und der leibhaftige Malte, wie er da vor mir stand, dunkeläugig und genau richtig groß. Ich spürte eine große, warme Welle von Glück in mir aufsteigen und mein Gesicht fing an zu strahlen.

»Malte!«, sagte ich begeistert und wollte auf ihn zugehen und ihn umarmen. Aber Malte ging einen Schritt zurück. »Was ist denn?«, fragte ich verwirrt.

Malte sagte erst nichts. Und dann sagte er ganz leise: »Du willst ja gar nicht mich. Du willst nur den Golden Retriever. Oder was immer du dir darunter vorstellst. Als du mich heute Morgen im Park gesehen hast, ohne Kostüm, da warst du nicht interessiert.« Dann nahm er Into am Halsband, zog ihn in die Wohnung und machte die Tür zu. Und ich stand da wie ein begossener Mops-Terrier.

Mein erster Impuls war, an die Tür zu hämmern und zu brüllen: »Wie kannst du nur so einen Schwachsinn reden! Natürlich will ich dich!« Aber dann überkam mich ein ganz gruseliges Gefühl. Nämlich Zweifel. Sollte Malte recht haben?

Ich stand noch ein paar Minuten blöd vor Maltes Tür und schlich dann leise davon. An meinem Fahrrad angekommen überlegte ich, was ich jetzt tun sollte. Zu Pia fahren? Irgendwie schien das keine gute Idee. Ich hatte das dumpfe Gefühl, dass ich Pia mit meinen Dominik- und Golden-Retriever-Dramen reichlich überstrapaziert hatte. Plötzlich konnte ich wie von außen auf mein Verhalten der letzten zwei Wochen gucken. Und was ich da sah, war nicht so toll. Ich sah einen ziemlich durchgeknallten Teenie, eine gewisse Annette, die so richtig abdreht wegen eines Jungen, in den sie seit Jahren verschossen ist, ohne ihn überhaupt zu kennen, dann erlebt sie einen ungeheuren Absturz und Frust, und kaum hat sie dank einer schlechten Brille mal für einen kurzen hellen Moment den Durchblick angesichts dieses Jungen, dreht sie auch schon wieder ab wegen eines anderen Jungen, mit dem sie gerade ein Mal getanzt hat und den sie eigentlich auch nicht wirklich kennt. Ich musste schlucken. Peinlich irgendwie. Und in dieser Situation überkam mich das Bedürfnis, mit einem zu sprechen, der von so was Ahnung hat. Mit meinem Vater.

Eine eifrige, am Fluss entlang führende Radelei später betrat ich den Laden meines Vaters. Ich hatte diesmal nicht zur Sicherheit vorher angerufen, ob er überhaupt da war. Vielleicht wollte ich nicht, dass er sich innerlich auf meinen Besuch einstellte. Ja, ich glaube, ich wollte ihn überraschen, und das tat ich dann auch. Ich war kaum richtig im Laden drin, da sagte ich: »Papa, ich muss mal mit dir sprechen. Über Jungs.«

Später saßen mein Vater und ich wie immer in seinen schönsten, antiken Sesseln und ich hatte ihm alles erzählt. Alles. Er wusste von Dominik, vom fatalen Rosenstrauß am Valentinstag, von dem Irrtum, der mich glauben ließ, die Rosen seien von Dominik, von meinem »Blamier-dich-bis-zum-Gehtnichtmehr«-Moment vorm Zeichensaal. Vom Zerwürfnis mit Pia, von der Nacht im Fahrradschuppen, der Rettung durch Malte, den Gesprächen mit meiner Mutter, dem Wagnis, als Rosenkönigin zur Karnevalsfete zu gehen, und der Begegnung mit dem geheimnisvollen Golden Retriever, der sich dann als mein Klassenkamerad Malte herausstellte.

Jetzt wartete ich gespannt, was mein Vater sagen würde. Ich hatte ja, bildlich gesprochen, verdammt die Hosen runtergelassen. Wie würde er reagieren? Nicht wie erwartet. Denn anstatt auf meine Situation einzugehen oder mir einen konkreten Ratschlag zu geben oder mit mir zu schimpfen oder mich zu trösten, fing er selbst an zu erzählen. Von sich und seiner Exfrau. Also meiner Mutter. Das war vielleicht abgespaced!

Um es kurz zusammenzufassen: Mein Vater hatte sich noch in der Schule in meine Mutter verliebt. Meine Mutter, die übrigens Daniela heißt, war die Schönste und Freundlichste und Beliebteste und rundherum Tollste der ganzen Schule. Ähnlichkeiten mit meiner Geschichte leider nicht rein zufällig... Mein Vater hielt sich eher für einen dicken, bebrillten Loser. Ähnlichkeiten weiterhin nicht zufällig... Aber er betete meine Mutter an. Sie war für ihn wie der lichte Tag, der frische Tau am Morgen, die wärmende Sonne... Hier benutzte mein Vater andere Worte als ich im Zusammenhang mit Dominik, aber die Ähnlichkeiten im Ton waren geradezu erschreckend... Irgendwo an dieser Stelle meinte mein Vater: »Wir sind uns da wohl ähnlich. Wir steigern uns heftig und hartnäckig in unsere Gefühle hinein.« Irgendwie tröstete mich das. Wenigstens war ich nicht allein verrückt.

Dann begannen die Unterschiede zwischen der Geschichte »Daniela und Stefan« – so heißt mein Vater – und »Annette und Dominik«. Denn Stefan hat seine Daniela bekommen. Sie haben geheiratet und ein Kind gekriegt – also mich. Und sie haben sich mit viel Energie eingeredet, dass alles prima sei und sie glücklich wären. Dabei war das nicht so. Und irgendwann mussten sie sich eingestehen, dass sie gar nicht zusammenpassten und es einfach nicht funktionierte.

Mein Vater schwieg nach dieser Geschichte und ich dachte nach. Und erkannte, was ich für ein Glück gehabt hatte. Meine »Geschichte« mit Dominik war ja sofort und ganz phänomenal an die Wand gefahren, in dem Moment, in dem ich sie aus meiner Gedankenwelt in die Wirklichkeit bringen wollte. Ich sage nur: der Meltdown vorm Zeichensaal. Das war zwar verdammt brutal, aber plötzlich sah ich das alles in einem ganz anderen Licht. Nämlich als glückliche Fügung des Schicksals. Kurz und schmerzhaft statt lang und schmerzhaft. Und ich kapierte endlich, dass Dominik und ich auch absolut nicht zusammenpassen, abgesehen davon, dass ich ihn eigentlich gar nicht kenne, was ja auch nicht gerade einer gelungenen Zweisamkeit förderlich ist. Ich meine ... der ist jetzt mit einer wie Nina zusammen! Mit Nina!!! Dem größtmöglichen Gegensatz zu Annette Borgmann! Plötzlich tauchten auch wieder die Bilder auf, in denen Dominik wirklich mit mir gesprochen hatte – vorm Zeichensaal und am Schwarzen Brett –, und beide Male war er irgendwie schnarchig gewesen. Man könnte sogar sagen: lahmarschig. Ganz anders als Malte, der immer was Handfestes sagt oder tut, wenn man ihm begegnet ...

Halt! Was war denn jetzt mit Malte?? Machte ich da genau denselben Fehler? Vergöttern ohne irgendwelche Fakten? Bildete ich mir da auch nur was ein, malte ich mir da auch nur wieder was aus? Annette-die-sich-reinsteigert-wunderbar-unbeirrt-von-der-Wiklichkeit? Ich wollte da jetzt einen Rat zu dieser Frage, hier und jetzt und von meinem Vater. Aber der wollte nicht. Oder konnte nicht. Jedenfalls sagte er nur: »Da musst du selbst wissen, was das Richtige ist. Zum Glück bist du ja nicht nur mir, sondern auch deiner Mutter ähnlich. Die ist unsentimental, vernünftig, kann strukturiert denken und analysieren.«

Toll. Nicht grad das, was man bei Stress in Liebesdingen hören will ...

32. Kapitel

Auf der Rückfahrt radelte ich wieder am Flussufer entlang und dachte weiter nach. Ob so strukturiert wie meine Mutter, weiß ich nicht. Jedenfalls versuchte ich, die Situation mit Malte mal ganz unsentimental und vernünftig zu analysieren. Das ging erstaunlich gut. Echt, so was sollte man öfter machen! Und das kam dabei heraus: Malte war offenbar an mir interessiert. Hinweise dafür gab es einige. Zum Beispiel war Malte in letzter Zeit oft morgens im Park mit einem Hund, der nicht mal sein eigener war, immer genau dann, wenn ich vorbeiradelte. Zufall? Ich versuchte mich zu erinnern, seit wann ich Malte öfters morgens im Park gesehen hatte. Eine ganze Weile schon, lange vor dem Valentinstag. Dann war Malte sofort bereit, mich nachts um halb eins suchen zu gehen, als Pia bei ihm anrief und sich Sorgen um mich machte. Dann hatte er immer so traurig geguckt, als ich ihm im Park vom Golden Retriever vorgeschwärmt hatte. Und dann hatte er sich in genau das Kostüm meines Lieblingshundes geworfen für die Karnevalsfete. Um mir zu gefallen? Gewirkt hatte es jedenfalls, aber wie! Doch ohne Kostüm hatte ich ihn weder erkannt noch hatte ich Interesse gezeigt, und das hatte ihn sehr mitgenommen.

Ich musste anhalten und vom Rad steigen. Mir war plötzlich ganz flau, als mir klar wurde, wie Malte sich fühlen musste.

Eine Welle von Mitgefühl stieg in mir hoch und sofort hatte ich den Impuls, zu ihm zu fahren und ihn zu trösten. Denn schließlich weiß niemand so gut wie ich, wie schlimm unglückliche Liebe sich anfühlt. Ich hatte ein Bein schon in der Luft, um wieder aufs Rad zu steigen, da hielt ich inne. Halt, dachte ich mir. Erst mal Bein wieder runternehmen und dann analysieren und strukturiert nachdenken … War ich wirklich an Malte interessiert, auch ohne Hundekostüm? Oder hatte ich – o Graus! – wie Dominik mir gegenüber nur Mitleid mit ihm? Ich legte das Fahrrad ganz zur Seite, setzte mich ans Ufer und begann, flache Steine übers Wasser zu schnippen. Eine riesige Frage stand im Raum. Und in diesem Fall war der Raum der ganze Weltraum, denn ich war ja draußen. Die Frage lautete: Was will ich von Malte?

Ich hatte mich auf ein langes und möglicherweise ergebnisloses Nachgrübeln eingestellt. Doch die Antwort kam so schnell und war so einfach, dass ich vor Schreck auf den glitschigen Steinen des Flussufers ausrutschte und ins Wasser fiel. Na ja, fast, aber ein Bein war vollkommen nass, das andere bis zum Knie, dazu hatte ich mir wieder blaue Flecken an beiden Schienbeinen geholt und hatte grünen Flussuferschleim an den Händen. Fabelhaft. Aber ich wusste, was ich wollte. Ich wollte Malte kennenlernen. Also so richtig. Nur wie sollte das gehen?

Etwas später lag ich zu Hause in der Badewanne. Einerseits um mich aufzuwärmen, denn es war verdammt kalt gewesen, mit der halb nassen Hose nach Hause zu radeln, zum anderen, um mal meine Optionen durchzugehen. Diesmal zum Thema: »Wie lerne ich Malte kennen, also so richtig?«

A) Ich gehe hin, klingle an seiner Tür und sage: »Hey Malte, ich hab strukturiert nachgedacht und analysiert und bin zu folgendem Ergebnis gekommen: Ich will dich kennenlernen, also so richtig!« – Bescheuert.

B) Ich schreib ihm einen Brief bzw. eine E-Mail oder eine SMS mit demselben Inhalt. – Genauso bescheuert.

C) Ich guck einfach mal, was sich in der nächsten Zeit so ergibt, in der Schule und so. Dass ich da mit ihm mal so ganz beiläufig ins Gespräch komme. – Oberbescheuert, denn »beiläufig« war ja nun gelaufen zwischen uns. Nach unserem himmlischen Tanz auf der Karnevalsfete und der komplett schiefgelaufenen Begegnung heute an seiner Tür konnte man jede Beiläufigkeit vergessen.

D) Ich frag Pia, was ich machen soll. – Und treibe sie mit meinen Problemen endgültig in den Wahnsinn. Im Ernst, ich musste jetzt unbedingt mal selbstständig werden in solchen Dingen.

E) Ich befrage das Poesiealbum-Orakel. – Super Sache! Aber meine Mutter hatte das Album offenbar weggeräumt, denn ich konnte es nirgendwo finden. Ärgerlich, besonders wenn man zum Suchen extra aus der warmen Wanne steigt und frierend, nur mit einem Handtuch umwickelt, durch die Wohnung hüpft. Also schnell wieder rein in die Wanne und weiter nachgedacht … Ich könnte mir das Album von Pias Großmutter besorgen, aber damit kam ich zu nah an D) heran.

F) Ich trau mich nicht und vergess die Sache.

Abrupt rief ich »Nein!«, setzte mich in der Wanne hoch und stieß mir dabei übel den Kopf. Irgendein Irrer – ich – hatte direkt über der Wanne eine halb nasse Hose mit fetter Metallgürtelschlaufe zum Trocknen auf die dort befindliche Leine gehängt … Ich rieb mir die Stelle und wusste, was zu tun war.

Nur eine halbe Stunde später stand ich wieder vor Maltes

Wohnungstür, bereit zum Klingeln. Ich hatte mich in Rekordzeit abgetrocknet und angezogen, jedes Zurechtmachen wegen einsetzendem Nervositätstatter abgeblasen und war dann mit einer dämlichen Pudelmütze – Radfahren im Februar mit noch nassen Haaren wäre dann doch zu hart gewesen – zu Malte geflitzt. All das, um nicht plötzlich doch noch Schiss zu kriegen. Das hatte prima geklappt. Bis jetzt. Denn jetzt kriegte ich Schiss. Aber big time. Ich wusste: Jetzt hilft nur noch Geschwindigkeit. Also drückte ich auf die Klingel und betete im nächsten Moment, dass Malte gar nicht da wäre. Denn mein Herz fiel mit so viel Wucht in die Hose, dass ich richtig das Luftgeräusch beim Runtersausen hören konnte. Mein Mund war so trocken, dass ich eh nie ein Wort… »Hallo!«

Da stand Malte. Total überrascht. Andere Gefühle konnte ich in seinem Gesicht erst mal nicht lesen. Bevor mir der Mund endgültig zupappte, sagte ich schnell folgenden Satz: »Hey Malte, ich hab strukturiert nachgedacht und analysiert und bin zu folgendem Ergebnis gekommen: Ich will dich kennenlernen, also so richtig!« Dann war Schluss mit Reden, aber das Wesentliche war ja auch gesagt.

Malte stand da. Mein Herz, ja bereits tief in der Hose, arbeitete daran, selbige demnächst zu durchschlagen, auf dem unaufhaltsamen Weg ins Bodenlose. Da leuchtete Maltes Gesicht auf. Nur kurz, aber es war einfach wunderbar. Direkt im Anschluss war Malte dann total nervös. Also mindestens so nervös wie ich. »Äh, ja, dann… komm doch erst mal rein…«

Also standen wir im Flur, genauso nervös wie vorher. Into rettete die Situation. Er sprang mit der für ihn typischen Begeisterung um uns beide herum, bellte und hüpfte an uns hoch, sodass ich die Worte herausbrachte: »Guck, der ist auch dafür.« Und da lachten wir. Immerhin.

Etwas später saßen wir dann ganz klassisch am Küchentisch, tranken Kaffee und aßen Kekse. Angesichts des Kaffees konnte ich nur hoffen, dass der bei mir auch in solchen Extremsituationen kein Herzklopfen auslöste, denn ich hatte schon Herzklopfen, aber bis zu den Haarwurzeln. An den Keksen knusperte ich nur ganz vorsichtig, um mich vor Aufregung nicht zu verschlucken. Malte ging es wohl ähnlich, er nippte und knusperte ebenso bedächtig. Wir kamen mit dem Kennenlernen nicht wirklich voran, denn keiner sagte was. Wir sahen uns nur zwischendurch kurz an, immer wenn es das Kaffeetrinken und Kekseknuspern erlaubte.

Ohne Kostüm gefiel Malte mir auch. Irgendwie sogar viel besser, denn da sah man mehr von ihm. Und was ich sah, gefiel mir sehr. Sogar die Sachen, die offiziell nicht so toll waren, wie etwa seine abstehenden Ohren. Hoffentlich gefiel ich ihm auch … Und das mit halb nassen Haaren und Pudelmütze! Sollte ich die Mütze übrigens mal lieber abnehmen oder sehe ich dann noch bescheuerter aus als mit?

Während ich mit solchen Überlegungen beschäftigt war, sagte Malte plötzlich: »Wir könnten einfach da weitermachen, wo wir am Samstag aufgehört haben.« Ich erschrak. Heißt das, er will jetzt nur noch bellen statt sprechen?

»Äh, meinst du ›wuff‹ und ›harf‹?«

Malte schüttelte den Kopf. »Nö. Ich meine tanzen.«

Wumpf. Das war mein Herz, das endgültig auf dem Boden aufschlug. Tanzen? Einfach so, Kaltstart hier in der Küche? Aber Malte stand ruhig auf. O.k., relativ ruhig. Seine Hand zitterte. Er legte eine CD in ein kleines Gettoblasterchen auf der Fensterbank. Die CD war offenbar noch von Karneval. Denn das erste Stück war: »Am Aschermittwoch ist alles vorbei.«

Und manchmal stimmen Liedtexte so was von überhaupt nicht. Denn hier war gar nix vorbei. Nach kurzem, anfänglichem Zögern und ein, zwei tapsigen Schritten tanzten wir und wieder war es ein Schweben. Genau wie am Samstag. Und dann küssten wir uns. Anders als am Samstag. Mitten am Aschermittwochnachmittag in Maltes Küche. Und ich dachte, mir schmelzen die Schuhsohlen. Ich dachte, ich kipp um. Tat ich aber nicht. Denn Malte hielt mich ja fest.

Also wenn das kein Anfang war!

33. Kapitel

Das war wirklich ein Anfang. Von was ganz Großartigem. Malte und ich, das ist einfach super. Das passt zusammen. Wie nasse Katze und warmer Ofen. Wie Donald Duck und Daisy Duck. Wie Grillhähnchen und kühle Cola. Nee, im Ernst. Das ist Kitschalarm hoch hundertzehn. Malte hat so viele durchgeknallte Interessen und dabei noch viel Spielraum für all meine durchgeknallten Interessen, dass es uns zusammen nicht langweilig wird. Selbst wenn wir mal gerade nicht knutschen oder Händchen halten und so weiter, was allerdings, vor allem am Anfang, nur selten vorkam …

Entsprechend war Pias Kommentar dazu nur »Kitschalarm hoch hundertzehn«. Auweia, Pia hatte es nun echt nicht leicht. Denn sie musste sich nun angucken, wie ich ständig mit Malte rumhing und ansonsten mit vor Happiness verblödetem Gesicht herumlief. Während sie erst mal keinen Freund hatte. Und ich hatte wegen Malte auch viel weniger Zeit für sie. Obwohl ich versuchte, da bewusst gegenzusteuern, denn wenn eine weiß, was die beste Freundin wert ist, dann ich.

Also Pia trug das alles mit Fassung. Und sie latschte sogar mit einer Engelsgeduld mit mir von Optiker zu Optiker, bis ich endlich das ideale neue Brillengestell gefunden hatte: stabil genug für meine starken Gläser, aber trotzdem schön. Malte hockte unterdessen zu Hause und schmollte ein bisschen, weil *er* gern mitgekommen wäre zum Brilleaussuchen. Aber nö. So was ist Frauensache.

Thema Frauensache. Meine Mutter und ich verstehen uns besser. Klar fliegen zwischendurch mal die Fetzen, aber eben nicht mehr jeden Tag. Sie macht auch Fortschritte im Kampf gegen ihren Schönheitswahn und war letztens das erste Mal in Gummistiefeln beim Einkaufen. Sie, die sonst nur in superschicken Pumps oder allerhöchstens in den neuesten Designer-Joggingschuhen das Haus verlässt. Was ihren Mut beflügelt hat, war der sintflutartige Regen, der die ganze Stadt tagelang knöcheltief unter Wasser gesetzt hatte, aber ich war trotzdem sehr stolz auf sie. Die Gummistiefel waren übrigens meine, aber sie erwägt, sich jetzt selbst ein Paar zuzulegen. Seit Tagen recherchiert sie im Internet unter den Suchwörtern »Gummistiefel« und »trendy«... Ganz kann sie's dann doch nicht lassen.

Die nächste Herausforderung, die meine Beziehung zu Malte bestehen musste, war dann quasi beruflicher Natur. Denn zu Beginn des neuen Schuljahres wurde ich stellvertretende Klassensprecherin! Anstelle von Malte, der das ja bisher gewesen war. Das war eine verdammt heikle Situation. Malte freute sich für mich. Theoretisch. Aber ganz klar: Er war auch neidisch und angepisst. Ich war schon drauf und dran, das Amt wieder abzugeben, damit die dicke Luft zwischen uns weggeht, aber Pia machte mir klar, dass das Schwachsinn wäre. Erstens muss man den Wählerwillen respektieren und die Wähler wollten mich und nicht Malte, zweitens hatte ich super Lust darauf, zweite Klassensprecherin und damit Mitglied der SV zu sein, und drittens kann man sich als moderne Frau ja nicht in seinem Ehrgeiz bremsen lassen, nur weil der Freund schmollt! Als ich ihm das freundlich, aber klar gesagt hatte, schmollte er auch nicht mehr allzu lange.

Erste Klassensprecherin wurde übrigens Pia und so sind Pia und ich nun beide in der SV, wodurch wir wieder eine wunderbare Gemeinsamkeit haben. Wir sind da ein Spitzenteam. Dominik macht in der SV übrigens kaum den Mund auf und entpuppt sich generell als ziemlicher Schnarchsack. Wie der auf *die* Tour Mittelstufensprecher geworden ist, bleibt mir ein Rätsel. Im Ernst, ich frage mich immer wieder, was ich eigentlich in ihm gesehen habe. Ach ja … Es war einfach jugendliche Verblendung! Amors Pfeil hatte mich aus Versehen nicht ins Herz, sondern in die linke Arschbacke getroffen. Immerhin, Dominik ist als Mittelstufensprecher zwar schnarchig, aber er tut, was man ihm sagt. Und ich habe geackert, gekämpft und den Direktor genervt, bis wir an unserer Schule wirklich und wahrhaftig und noch vor den Herbstferien einen – jetzt bitte lauten Trommelwirbel – neuen und viel größeren Fahrradschuppen bekamen! Ich habe wirklich erreicht, dass da Gelder umgewidmet wurden! Statt Beeten mit Knallerbsen gibt es jetzt den Fahrradschuppen. Und die herrenlosen Fahrräder kamen rigoros auf den Schrottplatz. Bis auf die, die so alt waren, dass Malte sich daranmachte, sie zu restaurieren. Das macht er unglaublich gut. Ich fahre jetzt ein königliches, weißes Hollandrad, Baujahr 1964. Die anderen antiken Fahrräder verkauft Malte mit beachtlichem Erfolg im Antiquitätenladen meines Vaters.

Und außerdem gibt es in dem neuen Fahrradschuppen auf unserem Schulhof eine sehr lauschige Ecke, wo ich mich in den Pausen oft mit Malte treffe, um …

… na, das kann man sich ja jetzt denken!

Test: Welche MyStory passt zu dir?

Kreuze an und finde heraus, welches Mädchen und welche Geschichte zu dir passen. Achtung: Je nach Tageslaune kann es zu unterschiedlichen Ergebnissen kommen. Dann lies am besten alle Bücher!

1. Wie kleidest du dich am liebsten?

A: Hauptsache ungewöhnlich.
B: Ich mag es cool und trendy, es darf aber auch mal ein Dirndl sein.
C: Ich stehe komplett auf schwarze Klamotten.
D: Ich mag verspielte Rüschen und Rosa.
E: T-Shirts mit Aufdrucken sind cool – vor allem welche mit Sprüchen, die man nicht gleich versteht.
F: Am liebsten würde ich die Reithosen und Cowboystiefel gar nicht mehr ausziehen.
G: Ein Rock kommt gar nicht erst in die Tüte!

2. Was sind deine liebsten Hobbys?

A: Mangas zeichnen und shoppen.
B: Mit Jungs flirten.
C: Musik mit meinem iPod hören.
D: Ganz klar: tanzen!
E: Diverse. Jungs und Eisbären gehören nicht dazu.

F: Pferde, Pferde, Pferde.

G: Poesiealbum-Roulette und Karneval.

3. Mal ehrlich. Bist du zurzeit verliebt?

A: Ja, aber ich weiß nicht, wie er heißt.

B: Klar – und zwar in zwei Jungen gleichzeitig.

C: Mmh, weiß noch nicht genau.

D: Ich habe nur einen besten Kumpel. Aber den finde ich eigentlich sehr süß …

E: Verliebt? Ich doch nicht! Obwohl – wenn ich da an Alex aus der Zehnten denke …

F: Ja – zum ersten Mal!

G: Ja, seufz … Nur leider hab ich starke Konkurrenz …

4. Welcher Ausspruch passt am besten zu dir:

A: Das Schicksal wird uns schon zusammenbringen.

B: Immer diese blöden Feriencamps!

C: Alles öde!

D: Hoffentlich merkt keiner, was wirklich in mir los ist!

E: Ausnahmen bestätigen die Regel – auch bei Jungen …

F: Ein Fettnäpfchen kommt selten allein.

G: Wenn ich doch bloß mal schlagfertig wär!

5. Wenn du einen Wunsch frei hättest, was wärst du am liebsten:

A: Eine kultige Manga-Zeichnerin.

B: Eine glückliche Bäuerin auf der Alm.

C: Das angesagteste Girl der Schule.

D: Ein erfolgreicher Musical-Star.

E: Keine Ahnung. Ganz sicher weder Eisbär noch DSDS-Tussi.

F: Die beste Westernreiterin der Welt (na ja, mindestens Deutschlands).

G: Endlich mit meinem Traumtypen zusammen.

Auswertung:

Schau nach, wie oft du welchen Buchstaben angekreuzt hast.

A: Corina Bomann, Verrückt nach Mark.

B: Sissi Flegel, Doppelt verliebt hält besser.

C: Brigitte Melzer, Kein Kuss für Finn.

D: Beatrix Mannel, Traumtänzer gesucht.

E: Lara Anders, Sechs Küsse für Lulu.

F: Sandra Ziegler, Verliebt in einen Cowboy.

G: Pia Jenner, Zwölf Rosen für ein Herz.

Sissi Flegel
My Story. Streng geheim.
Doppelt verliebt hält besser
256 Seiten
ISBN 978-3-570-13465-8

Corina Bomann
My Story. Streng geheim.
Verrückt nach Mark
220 Seiten
ISBN 978-3-570-13542-6

Beatrix Mannel
My Story. Streng geheim.
Traumtänzer gesucht
220 Seiten
ISBN 978-3-570-13466-5

Brigitte Melzer
My Story. Streng geheim.
Kein Kuss für Finn
220 Seiten
ISBN 978-3-570-13541-9

Sandra Ziegler
My Story. Streng geheim.
Verliebt in einen Cowboy
220 Seiten
ISBN 978-3-570-13489-4

Lara Anders
My Story. Streng geheim.
Sechs Küsse für Lulu
224 Seiten
ISBN 978-3-570-13574-7

Sissi Flegel
My Story. Streng geheim.
Aller guten Jungs sind drei
256 Seiten
ISBN 978-3-570-13573-0

cbj

www.cbj-verlag.de